"美少年侦探团"系列

美少年侦探团
只为你而闪亮的黑暗星

〔日〕**西尾维新** 著

〔日〕黄粉 插画

王晓星 译

人民文学出版社

PEOPLE'S LITERATURE PUBLISHING HOUSE

著作权合同登记号　图字 01-2023-3952

图书在版编目(CIP)数据

美少年侦探团:只为你而闪亮的黑暗星/(日)西
尾维新著;王晓星译. —北京:人民文学出版社,
2024(2025.1 重印)
("美少年侦探团"系列)
ISBN 978-7-02-018646-4

Ⅰ. ①美… Ⅱ. ①西… ②王… Ⅲ. ①长篇小说-日
本-现代 Ⅳ. ①I313.45

中国国家版本馆 CIP 数据核字(2024)第 084446 号

责任编辑　卜艳冰　曹敬雅　任　柳
装帧设计　钱　珺

出版发行　人民文学出版社
社　　址　北京市朝内大街 166 号
邮　　编　100705

印　　刷　山东临沂新华印刷物流集团有限责任公司
经　　销　全国新华书店等

字　　数　120 千字
开　　本　787 毫米×1092 毫米　1/32
印　　张　8.125
版　　次　2024 年 5 月北京第 1 版
印　　次　2025 年 1 月第 2 次印刷

书　　号　978-7-02-018646-4
定　　价　39.00 元

如有印装质量问题,请与本社图书销售中心调换。电话:010 - 65233595

美少年侦探团团规

1．必须美丽

2．必须是少年

3．必须是侦探

咲口长广

双头院学

0. 前言

"我不同意你的观点，但我誓死捍卫你说话的权利。"这是法国思想家伏尔泰的名言。[1]不愧是名垂青史的伟人，现在想想看，作为一句反驳别人的话，这种无可指摘的发言确实很少见。

明确地表明了反对意见，却不想因为意见相左而产生争执，同时也作了完全不准备谈判的宣言，这就是所谓让人无路可退吧，就像是用说"我又没生气"来逼你道歉的优等生那样。

我的意见，也是这样被驳回的。

不，那不是意见，应该说是梦想吧。

这就是我——瞳岛眉美放弃梦想的故事。就是那类常见的故事：小时候，梦想的种子模模糊糊却鼓舞人

1　这句话出自英国女作家伊夫林·比阿特丽斯·霍尔的作品《伏尔泰的朋友们》，非伏尔泰本人所述。

心——长大后我要成为这样或那样的人，可等到初中二年级，就把这些梦想干干净净地忘到脑后的故事。可能你不想听这些有些小气的故事，但是，如果是那位美少年的话——如果是那位美少年的话，肯定会这样说的。

"追求梦想是美好的事情，但是放弃梦想也是美好的事情。"

但是也仅限于自己主动放弃哦。

完全是只有那位美少年说才会觉得很帅气的话。

结果，我自己怎么样呢？

孩子般的我真的是因为自己的主张，还是迫于周围人的压力而放弃了自己的梦想呢？

这就是我接下来要思考的问题了。

最后，我这个初出茅庐的不逊之辈，要在伏尔泰家喻户晓的名言之后加上一句注释："如果人死了的话，就什么都捍卫不了了。"

1. 美少年侦探团

"美少年侦探团"这个名字有点儿可疑的团体就存在于我的中学——私立指轮学园中学里。我听说他们好像是一个秘密活动的组织。幸运的是，我从来没有和这些奇怪的家伙扯上关系，所以直到今天一直过着平静的学生生活。

虽然美少年侦探团号称是可以解决校园中各种问题的非正式非公开非营利的自治组织，但其实大部分校内的问题都是他们引起的，所以实际上他们在学校里是被嗤之以鼻的存在（除了一部分他们的支持者）。

因为"大雀蜂事件"和"养殖教室事件"的发生，关于美少年侦探团的流言也此起彼伏，但是别说这个团体的真实实体了，就连他们具体的活动内容和成员组成都是谜。

关于他们的传言很多听起来都像是信口开河，而且大多是从朋友的朋友那里听来的，越传越玄，最后变得像是都市传说一样了。如果去问和他们关系比较近的学生的话，这些人又会对这个组织的事情三缄其口。如果问他们真的见过组织的成员吗？即使是掌握传言一手资料的人，也一个字都不会吐露。

为什么呢？难道是有什么保密协议？

不会！

到底是什么样的团体会要求委托人严守保密协议？这个团体本身的存在已变得愈发扑朔迷离。结果，这种扑朔迷离也让他们这些成员显得更加奇特了。而我的幸运也就到此为止，我非常不幸地和他们扯上了关系，然后我就理解那些选择沉默的委托人的心情了。

太蠢了，我都难以启齿。

虽然这个事情听起来不太真实，可能会有人觉得我在说谎，但是即使我被怀疑是个谎话精，我也要把他们的故事讲出来。

当然这绝对不是要为他们正名或者为他们消除误解。与此相反，虽然关于他们的流言听起来是在中伤诽谤他们，但现实是他们的恶劣程度有过之而无不及，所以我写下来其实是为了告发他们。我现在已经不用严守保密义务了，我要堂堂正正地说出来。

美少年侦探团。

那五个愚蠢而绝美的少年。

2. 四个领导和一个部下

我被带到了美术室。

就是那种每个学校都会有一个的美术室。

我的学校——私立指轮学园初中，在很久之前就废除了全部艺术类课程，美术室、音乐室、工艺室、家务学习室和烹饪实践室等，现在已经都不使用了。

我在这里上学已经一年多了，但这是我第一次来美术室。

难怪我不知道，这是一间废弃教室。

废弃教室的好处就是，那些放学后想使用教室的学生可以随意使用。

唔……"随便使用"这个说法有点儿牵强了，更准确地说，应该是——美少年侦探团霸占了美术室。

看一眼美术室装饰的样子，你就应该明白，只能用"霸占"这个词来形容他们的行为。

原本普通的地板上铺了一看就很昂贵的、让人不自

6

觉地想脱鞋的长绒地毯，本应该是荧光灯的地方现在挂着两盏复古吊灯。

造型统一的桌子和没有设计感的椅子全部被撤走了，取而代之的是很有格调的桌子和松松软软的沙发，一看就是进口货。桌布刺绣繁复，就像新娘的头纱一样美丽。

巨大的花瓶中插着的花看起来就像未经人手一样自然，但是未经人手的花不会有这种毫无瑕疵的造型，也不会如此光彩夺目。

被替换过的壁纸上装饰着连我这种没上过艺术课的人都知道的名画，教室的四角伫立着精致的雕塑，宛若教室的守护神一样。

房间的内侧，是一个宽阔的茶室，古色古香的陶器和银质餐具摆放在一起，完全不分西式与和式，但是这一切非但不显得没有品位，反而呈现出一种不可思议的和谐。

黑板旁边的书架上摆放着连图书馆都找不到的稀有书籍，都是只会出现在旧书店陈列柜里的珍稀图书。

这里就连时钟都与其他教室不同，看到这口钟就会想这是不是就是那首名曲所指的厚重玻璃立式座钟。

更令人难以置信的是，这个屋子里竟然还摆放着一个带帘幕的床，这也是件一眼就能看出有历史感的古董。人很难在上面安心睡着吧，床饰也像是电影里才会出现的那种一流酒店的床饰。

这里根本就不是美术室，应该叫美术馆。

这里不知不觉就会给人这样的印象。

这里让人感觉是绝世而独立的地方。我做梦也想不到学校里面竟然还有这种奇异的空间。所以第一次到访的我难免愕然。

更让我愕然的是，这个屋子里的四个男生，现在目光都集中在我身上。对在学校内进行违规改建的行为，这四个人非但不觉得抱歉和不好意思，而且还毫不掩饰他们对于这个华美而过度装饰的地方的归属感。

四个男学生。

他们对这个美术室非常熟悉，像我一样一进去就会起鸡皮疙瘩的感觉，他们怕是一辈子也不会有。

我就这样呆立在那里。

"什么啊，怎么回事？为什么带一个像黑墨水一样阴沉的女孩来啊。"

我一进门就被一个吊儿郎当地站在雕塑前的男生用辱骂的方式欢迎了，为了显示我的阴沉，他甚至费心地用了个比喻："如果在网站的搜索栏输入遗憾这个词，看看现在的世界上正在发生多少遗憾的事情，现在就有一个人可以显示这种遗憾。"

这个比喻也太形象了。

虽然我心里这么想，但是没信心反驳，所以也没讲出口。不要说我了，这个学校里可以反驳他的人大概单手数得过来，就连能反驳他的老师恐怕也没多少。

看起来他不知道我这个人，但我认识他——二年级 A 班，袋井满。他看起来丝毫不逊色于他旁边的雕像。身材健硕的他在校外也声名远播，是个有名的不良学生。

被称作"番长 [1]"。

虽然这个说法有点儿古老，但是非常贴切。他整个人都散发着一种危险的气场，神色可怖。如果被他那双清秀细长的眼睛瞪上一眼，你就会想马上逃走。

他是指轮学园初中部"千万不要招惹排行榜"上不

1　日语中的"番长"有打架王、学生老大的意思。

容置疑的第一名。我也没想到我会以这种方式和他扯上关系。确实，他就像传言中一样讨厌。

但是，稍微有点儿不同，让人觉得不能直接断言他惹人生厌。现在的他和平时在走廊里看到的他不同，敞开的校服外围着围裙，头上包着一个三角巾。

他浅笑着对我恶言相向，手里握着一块抹布。他站在雕塑旁边，难道是在雕刻吗？

可能是由于他神色可怕，虽然他现在围着和自己完全不搭的围裙和三角巾，我却笑不出来，也很难直接吐槽他。

但是就在这个让人尴尬的气氛中……

"就是说你这一点不好，小满。不可以对初次见面的女生说这么失礼的话。对你刚刚的行为我很遗憾。你看，现在世界上又增加了一件遗憾的事情。"

一个美丽的声音在指责不良学生，我被这个温柔的声音吸引，回过头去，然后心中一惊。

这个人现在和在台上演讲时完全不同，他的长发从后面绑住，我刚刚没有注意，现在立马明白他是谁了，指轮学院的学生不会听错这个令人愉悦的声音。

正在沙发上优雅地品着红茶的，是我们学校的学生会会长——咲口长广。

而且他不是一般的学生会会长，他是连任三届的学生会会长。在入学后不久，他以新生代表的身份发表了演说，之后就直接当选了学生会会长，这个人的演说能力就是这么强。

专业的声优也不过如此吧，全校没有一个女生不熟悉他的声音。

为什么这样叱咤风云的前辈会在这里呢？

我不禁对番长袋井满和优等生代表、学生会会长咲口长广在一个空间这件事感到震惊。而且学生会会长还亲切地叫他"小满"……

他们应该是在根本立场上没有对话余地的人，就像是白道与黑道一样。但是被他指责了的袋井轻轻耸了耸肩回复道："什么？喝着我泡的茶，还要在这里抱怨我？"

他们之间完全没有一触即发的感觉。

而且，泡红茶的是……番长？

"不过小满泡的红茶很好喝。"

"你说这种明摆着的事情，真是让人失望啊，长广。

就像是'这句话很有道理，但没有法律约束'一样让人失望。"

先不说袋井充满讽刺性的发言方式，这两个看起来会剑拔弩张的人之间怎么会有如此岁月静好的氛围？就在我疑惑不解的时候，又有一个人转向袋井道："就是说啊，小满。这不是个很可爱的女孩子吗？说人家性格阴暗，你怎么回事啊？人家分明是那种一见面就想向她求婚的可爱女孩啊，说人家性格像墨水，太不妥了。"

他的话更加大胆了。

与其说是大胆，不如说是轻浮。

他不仅称呼在别的学校也恶名昭彰的袋井为小满，还说我这种性格阴暗的人是可爱女孩，怎么回事这个人。

虽然听起来这个人是在帮我讲话，但语气也过于轻佻了吧！此人现在正趴在桌子上，亲切地对我说："是不是啊？"但是我一点儿都高兴不起来。

因为这个人是，足利飙太。

比他可爱的女孩，校内暂且没有，校外也少之又少。他的脸精致得像是天使一样，哦，不，像是集中了天使长相优势的大天使，他蓬松的头发都显得很时尚。所以不管被他夸什么，也只能显得他是在讽刺我。

是非常辛辣的讽刺了。

他的校服比不良学生袋井改造得更多，校服裤基本已经变成超短裤了，田径队王牌的他，现在露出像是狮子腿一样的长腿。

据说自从他这个样子入学以来，学校的女生都不再把裙装改短，全穿上了黑色丝袜。我面前就是这双有魔力的腿。

可能你会觉得这个传言太夸张了，但是当这双腿出现在你面前时，你很难说那些流言蜚语没有根据。

我现在也穿着丝袜。

"你是二年级的瞳岛吧？瞳岛眉美同学？我是飙太，请多关照，等下告诉我联系方式吧？"

这个人在某种意义上比袋井更不礼貌，太不礼貌了，以致一时很难用语言形容他。可能这就是作为体育担当的一年级王牌的说话方式吧。或许他是想快速和人拉近距离。嗯，这么想也就不难理解他的说话方式了。

虽然被要了联系方式，但是我没有手机。

说我像墨汁一样阴暗这个评价也不是全无道理，我的交流能力差不多就是这个水平。在进入美术室这短短的一分钟内，我的人际关系容量已经超负荷了，再对我多说一句话，我可能就会崩溃了。幸好，不同于其他三人，教室里的第四个人，什么也没对我说。

他只是在我进门的时候轻蔑地向我这边一瞥，然后就没再朝这边看过。

他看起来是唯一在做符合这个教室意义事情的人：他在作画。

他的沉默寡言让我免于崩溃，但是被无视这件事也让人很难过。

尤其是被他无视让人更加难受了。

当然了，这个人并不认识我，他是比学生会会长和番长以及大天使更加声名远扬的人。

一年级 A 班，指轮创作。

看到这个姓氏，大家应该都心知肚明了，没错，他就是经营这所学校的指轮财团的继承人。不，现在的指轮财团主要是这个中学生来管理的。虽然他才过十二岁，但已经是指轮财团真正的掌权者了。

一言以蔽之，这个人是手握金钱与权力的天才。

现在是最糟糕的情形了。

我不知应该说是双灾临门还是多灾临门。如果被他讨厌了的话，那我就完了。

不仅是完了，可以说是全部毁灭。

指轮中学初中部学生必须遵守的最高守则就是不能踩到他的影子。

所以，被他这样无视，是不是不顺他的心意了？我心里很不安，但这应该是我想多了。

他对其他学生的无视由来已久，这些人根本入不了他的眼，指轮一直都不看任何人，也不和任何人说话。

无视和无言，是绝对零度男子。

但是，一直独来独往的他应该不属于任何派别，也不加入任何组织才对，为何现在他出现在美术室？想到他和其他人在一起就觉得不和谐。

不过，如果有他入伙也就说明有了强有力的金钱后盾。所以这间美术室才会被布置得如此奢华。但是，在这个美术室里的人，有恶名昭著的番长，有建校以来最优秀的学生，有被当成大小姐一般对待的人气偶像。这些人再加上指轮，我觉得我在做梦。

我已经被逼到做白日梦的程度了吗？

难道我之前从房子上摔下来了？现在是死前走马灯一样的幻觉吗？

看到这四个性格各异的人一起出现就已经够让人吃惊的了，但是当我得知他们属于声名远扬，财力雄厚，臭名昭著的美少年侦探团时，竟然有一点儿可以接受了。

原来是这样啊，很合理。

不愧是，美少年侦探团。

一定是疯狂自恋又无比傲慢的人才会取这样一个让人想冷笑又觉得讨厌的名字。他们四个人确实和这个侦探团的名字非常相符。

如果是其他人取这个名字，一定会被嘲笑，但因为是他们四个人所以觉得非常合理。不只是外表，这四个人的风格也当得起这个名字。

所以，我才更加不明白了。

为什么他们要加入美少年侦探团呢？

被认为是校园内所有问题元凶的美少年侦探团，对他们来说有什么吸引力呢？

"如果是团长直接带来的委托人，那也就不说什么了。"

袋井这样对我说道，卸下了对我的不满。

"也是，先听听团长的计划吧。"

"不——团长团长。"

这位团长，也就是咲口学长和美腿同学追随的沉默寡言的指轮，他什么也没说，只是停下手中的笔，将身体完全转向这边。

和刚刚看我时的眼神完全不同，此时他的眼睛炯炯有神。

"哈哈哈哈哈。"

原本呆呆站着的我，被笑声吓了一跳，这笑声来自把我带来美术室的那个人。他自顾自把我的手抓过去，很热烈地和我握了握手。

"那么请允许我重新自我介绍一下，瞳岛眉美，我就是美少年侦探团的团长，双头院学。"

番长和学生会会长以及学校实际运营者追随的，是这个人。

我第一次听说这个名字，也第一次见到这个人。

他是我不知道的美少年。

3. 找错误

我喜欢在教学楼的楼顶上看夜空中的星星。

这个句子中有两个错误，错在哪里？

第一个是时态的错误，不是喜欢，而是喜欢过。

明天，十月十日，是我的十四岁生日。我想以此为界，以后不再看夜空了。

今天，是最后一晚。

还有一个错误，这个错误有点儿难理解。主要是因为这是一个只有我知道的错误，只有我知道这个谬误。

这怎么说清呢？

只有我自己知道的错误，也就是说，这个错误本身不是错误，只是对于我来说，它是一种错误。

十年来，一直错误着。

我经历了严重的失误，因为自己的自负而失败。

这个滑稽的短剧，已经结束了。

这个游戏，只能到初中二年级。

　　这是我和父母之间的约定。虽说在上初中二年级以后到十四岁生日这段时间我也很努力，但是没有什么成果，感觉一直在隔靴搔痒。

　　做了无用功，因此我觉得很消沉。

　　虽然有这样的名言：相比失败的后悔，没有尝试的后悔更令人遗憾。想出这句动人的话的人可能彻夜未眠才有此金句，但是，他漏掉了重要的角度。

　　如果不尝试的话，其实是不会有什么后悔的情绪的。

　　或者说，人是在不尝试的时候获得成就感的。

　　很有可能，一个人说"如果尝试了就好了"的时候，其实是很开心的。人们一般会有"如果尝试了就会成功"这种充满希望的想法。

　　后悔这种事情是在把事情搞砸的时候才会有的情绪。我不想有人对着将十年少女时光虚掷的我说什么"没关系"之类的话。

　　后悔就是一件"不好"的事。

　　没想到我的人生是徒劳的。

　　不能相信，真是愚蠢。

　　顺便一说，如果你在这个时间尝试一件事情，那么这个时间也是你没有做其他事情的时间。在这个意义上，尝试了什么而不后悔，同时也意味着没有尝试什么的后悔。

这十年，如果我没有追求梦想，那我已经做了多少事情了啊。

这样一想，感觉人生很幻灭。

不，像我这样的人，究竟可以做成什么事情呢？我一时想不出来。

今晚，我抱着最后一丝希望，又来到教学楼的楼顶，但是似乎没有什么戏剧性的情节。笑到最后才笑得最好，那么，哭到最后的人应该也是最悲惨的人吧。

这种时候，我要是那种能够哭出来的、楚楚可怜的女孩子就好了。可惜我不是，我徒劳地过完了少女时代，现在成了一个一事无成的大人。我正这样想着，突然听到一声叹息从楼顶围栏的另一边传过来，然后问道：

"是在找东西吗？"

"呜哇！"

此时我正意志消沉地靠在围栏上，没有想到这个时候会有人从背后打招呼，我吓得大喊一声，背一下子也直了起来。我以这个不太方便移动的姿势勉强回头，想看看是谁在说话，没想到绊住了自己的脚，眼看着就要摔倒。

"啊！"

我心里大喊一声"糟了"，屋顶的围栏不太高，毕竟这里原来是禁止学生上来的。我感觉我的身体悬浮着，脚没有踩在地上，有一种像是在电梯里的轻微失重感。接下来，要摔下去了吗？

会摔到哪边呢？这边？那边？

那个……这么说的话，今晚就是我人生的最后一晚了吗？等一下！真的假的？

如果我这样结束生命，会不会被认为是因为梦想破灭而放弃大好青春？如果是那样也太糟糕了。

我面对夜空，看到了璀璨的星光，说来也讽刺，今天万里无云，是一个看星星的好时机。我人生的最后一晚能看到这样美丽的夜空，说来也不枉此生了。

好美。

但是，不对。

这和我期望的星空不一样。

"啊！"

就在我矫情地抱怨时，我被一股"来这边"的强大的力量拽了过去，我再次发出自己也觉得不甚可爱的悲鸣。

这悲鸣不是由于这种强力的拉拽方式，而是由于我明明是在屋顶，此刻却像是在舞池里一样被人一把拽住，然后热情拥抱而发出悲鸣。

虽说情况紧急所以没有办法，但是我非常缺乏被别人紧紧拥抱的经验。如果对方是同性的话我也是会不禁大声叫喊的，更何况这个人，尽管身材纤细但是一看就是男生。

这个人和我的距离太近了，所以我一时无法确认，但是看校服应该是我们学校的学生。我的交际范围实在是太有限了，所以不知道这个人是谁，上几年级，是与我同年级的学生还是学长学弟。他看起来有点儿像少年老成的学弟，也有点儿像略显稚嫩的学长，当然也有可能和我同级，但是看着这个人，我觉得我说不出"我们都是初二学生"这样的话。

怎么看，这个人都没有和我"相同"的地方。

"你没事吧，你注意点儿啊。你应该好好想一下，学校禁止学生上屋顶，是因为这种行为很危险。"

被这个浑身是谜的人近距离认真提醒之后，我突然觉得有点儿热。虽然我是一个性格沉闷的人，但是心情很容易显在脸上。本来应该回应他"你不也到这屋顶上来了？"或者"都是因为你突然搭话，我才陷入危险的"。但是此刻，这些抱怨的话一下子堵在嗓子眼里，我什么都没说出口。

他确实在危险的时候救了我，这是不争的事实，所以我先向他道了谢："谢……谢谢你。"我结结巴巴地说着，顺便把现在还抱着我的这个人推远一点儿。

"嗯。"

很意外，他自然而然地放开了我，把救命恩人当作变态这件事，真是罪孽感深重。但是他看起来并不介意。

"你喜欢看星空啊？"他抬头看着夜空问我。

"唔……你为什么这么想？"

我一边在心里计算着我们之间的距离，一边反问道。我们之间的物理距离好测量一些，但是因为我完全不认识这个人，所以心理距离很难把握。

"什么？非常简单啊，只需初级的推理。一个人在这个时间来到屋顶，不是看星空是干什么？"他得意地笑着说道。

他用这种把话头抛给对方的说话方式，得意地说着"推理"这个词，带着自信的笑容，却得出一个不太相称的推理结果：我喜欢在夜里爬上屋顶看星空。

初级……如果我现在说，请注意这个句子里有两个错误，恐怕有点儿不合时宜，就在我陷入沉思的时候，他却接着说道："我很理解因为星空的美丽和闪耀而看呆了的状态，我也喜欢星空。"

接着，他又出人意料地说："这些美丽的星星也会把人照得这么美啊。"

真是让人意外的发言。

他刚刚是不是说了什么奇怪的话？

我满腹疑惑，怀疑自己是不是听错了，于是回过头又看了一眼这个充满谜团的人。

"是不是在找东西啊？"他问我。

"如果找东西的话，我可以慷慨相助哦。"

这个人，现在又说什么帮忙，如果不是他刚刚突然搭话，我就不会差一点儿从校舍的楼顶掉下去，差一点儿和这个世界再见。

"你为什么这么想？"

我把问题抛回给他。

真是愚蠢啊，我怎么会对这种刚见面的男生报以期待呢？那句话中的错误，也就是只有我知道的错误，显然不会有人注意到的。

"什么？这只是初步推理，是初级中的初级。如果你不是一门心思在找什么东西，那不可能完全注意不到身边如此美丽的我。"

真是大言不惭，说什么"美丽的我"这种话。

即使他不是变态，也是一个大麻烦。所以，在这种人身边我感到些许害怕，我一边认真想着从这里逃出去的好办法，一边"嗯嗯嗯"地应付着这个人。但是现在似乎没有什么万全之策。

"我现在讲的话对于我来说是一件很愚蠢的事情。我以前只注意到你长发的背影，现在突然发现，你的眼睛生得好美。"

逃脱无策，现在我整个人被这句话弄得很恼火，异常恼火。

或许他是想夸奖我，或许这只是社交辞令的一种，但是对我来说，这是我最不想听到的评价，这个评价比用骂声围攻我还要令我愤怒。

我从口袋里拿出早先摘下的眼镜，立马戴上。不管怎样，我得马上从这里出去。我怕自己忍不住要对救命恩人发火。

"你为什么要用眼镜遮住你好看的眼睛呢？难得有这么美的眼睛，我没有说你的眼睛熠熠生辉已经很克制了。请排除万难，把眼镜摘下来吧。你不要担心，即使在如此美丽的我旁边，你的眼睛也一点儿都不逊色。"

他是不是想挨打？

我怀疑他是想故意激怒我，我感到自己内心柔软的地方正在愤怒起来，就在即将超过愤怒界限的时候，我忍住情绪，挤出一抹笑容。

我用一种很僵硬的笑容说道："是啊，我是在找东西。"虽然现在回答有错过最佳回答时机之嫌。

"您说您会施以援手？"

我没有被这个奇怪的人带偏，只不过我太愤怒了，连遣词造句的方式也变得有点儿奇怪。其实我根本不想让他帮忙，我只是想让他快点儿消失。

只是，我又有点儿想看这个怪人为难的样子。不仅因为他提到了我眼睛的问题，还因为他打扰了我本打算安静而平稳地度过的最后夜晚。向他说出自己的事情，也是为了向他撒气。

这个活泼开朗的陌生少年，大概也会受到我今晚终结的梦想的连累。这个人满嘴推理啊考察啊什么的，但是没有看出我这个人其实暗藏鬼胎。

"当然了，一定帮你找到。"他承诺道。

中了我的圈套了，还在这里说什么"一定帮你找到"。

这种捉弄人的事情，我还是第一次做。

"无私地帮助他人是美的基本。那就和我讲讲吧。一起来吧。你很幸运。现在主要成员都在。"

"成……成员？"

什么啊，我越来越看不懂了。

虽然对方掉进了我恶意设置的陷阱，但是我有一种我才是那个被牵着走的人的感觉。也有可能是我做了一件极其愚蠢的事情。

"你说……一起来？你要……去哪里？"

我有种不祥的预感，面对提心吊胆提问的我，他骄傲地说道："当然是美少年侦探团的事务所了。"

就是那个传说中的美少年侦探团，据说只有足够幸运的人才能成为他们的委托人。我就这样，开始了一段不幸的经历。

4. 委托内容

　　我本来是提着一口气，或者说我以只有这一口气的气势来到美少年侦探团的事务所，也就是美术室。但是一旦被校内的名人围住，我马上就没了气势。

　　一瞬间被点燃，而后很快就失掉气势，这是我的缺点。但是，我注意到在围着我的人之中，还有一个人也是没有名气的普通人。

　　团长？

　　这个家伙竟然是团长？

　　说不定他是我的学长呢，不能称呼他这个家伙吧。但是，美术室中其余四个人，即使是远离学校八卦的我也早有耳闻——袋井满，咲口长广，足利飙太，指轮创作。他们为什么会和这个普通人在一个组织呢？感觉有些格格不入。

　　对了，刚刚问了他名字。

　　他叫双头院学。

他在我面前傲慢地跷着腿，整个人陷进沙发里。和那样的四个人在一起，他还可以保持这种傲慢的态度，真是了不得啊。

这四个人的存在，应该会让同性感到自卑吧。我的信息源太少不知道这个人是谁，这位双头院后辈（暂且先叫他后辈吧）到底是什么人呢？

首先从这种尴尬的气氛中作出一个公平的判断，双头院后辈不仅态度傲慢，就连外表也不逊色于其他四人。甚至可以说他拉高了美少年侦探团整体的颜值。

快点儿变老变肥吧！

"我感觉我正在被别人诅咒。"双头院一边踱步环视着四周一边说道。虽然我对他的推理能力存疑，但是他的第六感还蛮准确的。虽然我不觉得他可以通过第六感给我提供帮助。

"算了，被诅咒是美好事物的宿命。那么，让我们来听一下你的委托内容吧，瞳岛眉美。"

被他这么一催，我有点儿犹豫了。

那只是为了撒气而说的话，现在的情况和在屋顶完全不同，不能仅凭一时兴起就胡乱说话。

我对双头院后辈有些恼火，不过我和其他四人无冤无仇，虽然刚见面的时候袋井说了一些不礼貌的话，但是对于其他人，特别是指轮，我丝毫没有怨恨之心。

这可能会伤及无辜。

不过，即使是被他们围住，真正把我当回事的也就是学生会会长咲口前辈。双头院在和我讲话的时候完全面对着天花板上的吊灯。我从心底里害怕的指轮虽然坐到了我旁边，但是感觉是出于礼貌，他的脸一直看向其他的方向，好像比起面对我，看墙壁更有意思。

袋井虽然看向我这边，但是也很让人不安。他整个人散发着一种"明明是男生的游戏，怎么现在掺和进来一女的"的气场。这种感觉真让人受不了——他给我的印象并不好，出于这一点，真想劝他回小学重造。对了，美腿同学是从桌子上滑下来的，他可能不知道端坐这个词，或者他是想显示自己有魅力的腿，他将双腿挂在沙发的靠背上，用倒坐的姿势坐了下来。

我现在简直像是在接受压力面试。

为了掩饰自己的紧张，我伸手去拿桌子上的水杯。刚才，在咲口前辈的督促下，袋井为包括我在内的所有人都沏了茶。

没想到我还能看到可怕的番长沏茶的样子。而且看他的样子，他对这件事情很熟练。

总之，别人给你沏茶，不喝的话不太礼貌。

刚刚咲口前辈表扬了他的沏茶技术，那应该只是咲口前辈出于对袋井的爱护吧，我不应该有过高的期待。而且，红茶大概味道都是一样的。不过，我既然决定留下来，还是应该和他好好相处。一心想着讨好袋井的我吞下一口热红茶。

"哇呜。"

太好喝了，以至于我喝了一口就吐出来了。

这不是茶进入气管的反应，还没有到达气管，而是一接触到舌苔我马上就吐了出来。看起来就像是喝了毒药一样，可能喝毒药也不会吐得这么快、这么明显。

袋井说道："喂！你怎么了？和你一直喝的泥水区别这么大吗？"他冷静地用抹布擦拭桌子。

这是什么话！不过其实也有一定道理，如果刚刚喝到的才是真正的红茶的话，那么我平时喝到的就是茶色的泥水。

让男孩子收拾我吐出来的东西有点儿不好意思，不过，我现在终于冷静下来了，可能是红茶的排毒作用吧。

美少年侦探团。

这个听起来就很可疑的组织是如何收到委托的呢？普通人自然会有这样的疑问。不过答案很明显，那就是靠团长自己去寻找需要委托的人。

现在可不是考虑如何处理被我吐出的茶水的时候。

我现在必须考虑的是，如何从美术室全身而退。

实话实说然后离开，可能是最正确的选择。虽然他们会觉得非常愤怒，但是明天开始我就不再是小孩，而是大人了。还未体验过何为少女情怀，我的少女时代就要终结，这终结的证明便是，做一件为了谋生而不得不做的事情——对自己不喜欢的人低头认错。记住这种感觉也是人生的一种滋味吧。

"那个……对不起。"

"大家注意一下。她的眼睛是不是很美丽？看，她在看我们，双瞳剪水，盯着我们看呢。"双头院提高了声音说道。

本来要道歉了事的我，硬生生地将道歉的话咽了回去。听到团长这么说，其他团员（包括指轮）的目光全部向我这边集中过来。我感受到这些目光，条件反射性地一下子低下了头。

"哈哈哈哈，你脸红了，害羞了啊？这样谦逊的样子也很美啊。"

虽然我的脸红是因为生气至极，但是我完全没有表达出自己的愤怒。

我下定决心，抬起头来，挤出一个极其夸张的咧嘴笑，用一种破罐子破摔的语气说道："美丽什么的，我一点儿也不喜欢。"

"有些人，外貌稍微有点儿帅气就觉得什么事情都会按照自己的意志发生，你可不要有这种错觉。"

其实他的外貌不是稍微有点儿帅气的程度，但我还是口出狂言了。这几个人中有前辈有后辈，还有那个平时难以见到的指轮，但是我就一吐为快了。

虽然把锅甩到了团长身上，但我明白，应该负全部责任的还是我。

当时被愤怒冲昏头脑的我没有悬崖勒马，应该说已经彻底失去理智了。

虽然后悔，但是我也感觉到了一吐为快的爽快。

事情发展到这里，我应该是要被赶出美少年侦探团事务所——这个美术室了吧。不过我觉得这样的结果也不坏。

反正是要强制结束我的少女时代，现在的结局也还好。说不定，现在完结的是我的人生——我心里已经有了放弃的念头，觉得人生到此为止也好。

我做好了被自尊心受到伤害的美少年们赶出美术室的准备，不料他们的行为和我的预想完全不同。

他们所有人都开始失声大笑。就连一向沉默寡言没什么表情的指轮也在低头微笑。

他们是看到了什么难得一见的场景吗？还是我被他们当成笑料了？这两种想法在我心里打架，我不知该作何反应。

"很抱歉，真是太失礼了，我本来没打算笑的，但是，你的这个反应太模式化了，不由得就笑了出来。"学生会会长一边用手捂着嘴，一边说道。

不是，他这个道歉方式，我也不知道他们究竟在笑什么。太模式化？面对困惑的我，袋井说道：

"真是太不可思议了，来这里的委托人，不论男女，一定会说同样的话——美什么的真是无聊。"

"是的是的，不过最后都承认了美的价值。"倒坐着的美腿同学天真地微笑着说道。

突然，袋井对着沉默的我说道："我说啊，瞳岛，你的论点偏掉了啊。有些人会说热门漫画如果在《周刊少年 Jump》连载的话就不会卖这么好了。你现在就像是这些人一样。"

更推进了一步。

为什么讲到关键处要夹杂一些讽刺呢，这个不良学生。

"瞳岛眉美，为了公平起见，我先订正你一个地方。虽然可能是很细小的地方，但是就像'上帝在细节中'[1]一样，美也在细节中。美丽是一个让人引以为傲、可以开心接受的词，但是我想请你撤回帅气这个词。因为这个词听起来就像我们是在装样子一样。"

双头院这样说道，但是我不明白，"美丽"和"帅

_____

1 德国建筑大师路德维希·密斯·凡德罗的名言。

气"有什么不同？

"而且，美少年侦探团的团规之一就是必须美丽。"

……

团规之一，那么还有团规之二和之三喽。

我突然觉得很烦躁。

但是话说到这个份儿上，我也觉得有趣。

是的，是事情变得有趣了。

讨厌美丽的我真的会认同美的价值吗？那我们就拭目以待吧。

也可以说我是彻底放弃了。

我想着趁此机会给这五个以为世界会像他们想的那样发展的人一点儿教训。我甚至觉得这是我的义务。本来这个现实的教训应该我一个人来尝的，但是我现在已经失去理性了。

或者说，这时的我，正撞上他们的美丽。

"那么请接受我的委托。"

"好啊，你有要找的东西？"双头院一脸欢喜地问道。

他为什么会这么开心？他看起来不是那种能帮到别人就会开心的奉献型人格啊。

　　"要找东西哦。钱包还是学生手册，还是超级可爱的小猫小狗？"把人当成蠢货的袋井这样说道。他还说什么，我们不会半途而废。虽然现在还讲不好，但是我们一定可以满足您的期待。

　　我说："我在找星星。"

　　从十年前开始。

5. 第二个错误

我喜欢在教学楼的楼顶看夜空中的星星。

这句话中的第二个错误。

就是，我不是"喜欢看星星"，而是"我喜欢找星星"。我一直在找星星。

我在寻找十年前的那颗星，我曾经看到过的那颗星。

大约十年前，在我三四岁的时候，父母带我和哥哥一起去旅行。那是一个连休假期，我们进行了三天两夜的野营。

我们在海里游泳，在沙滩上烧烤，一起放了烟花。

回忆就像是一幅美丽的图画。

既然是画，应该就可以隽永吧。

在这次家庭之旅中最令我难忘的是当时看到的星空。那么美丽的星空，我之前从未见过。

对于在城市长大的我来说，熠熠生辉的星空是很新鲜的事物。

这其中，有一颗星特别美丽。

我被这颗星强烈的光芒吸引住了。

这就是最美的星了吧？

这颗星好美，也离我很近，我感到伸出手就能触摸到。那时，我不只想这样抬头看着这颗星，还想以后能够踏上这颗星，亲手触摸它。我暗暗期许，希望以后可以成为一名宇航员。

我当时觉得父母是很支持我的，但其实他们觉得那只不过是孩子的一时兴起而已，根本没当回事。

这确实是一个思虑不周的孩子才会有的梦想。宇航员、棒球职业选手、蛋糕店老板……是"小朋友梦想工作排行榜"上的前几位啊，所以父母把我的梦想当成小孩子的一时兴起也是可以理解的。

当时我以为他们是理解我的，甚至以为他们能感受到我的决心。现在一想，这样想的我才是有问题的那一方。

为了让他们理解我的努力，为了让他们感受到我的决心，我应该更努力一点儿的——孩子无法选择父母，父母也无法选择孩子啊。

我对于他们来说不算是好孩子。结局就是我在追求梦想这件事情上，没有办法和父母有效沟通、构筑一种良好的关系。而且还有一个重大原因。

还有一件事情，虽然不可思议，却可以视作所有后续事件的起因。

一切都是因为那天，我在海边看到的那颗星星。

那颗吸引我的、改变我命运的星星，我竟在以后的日子里失去了它。旅行回来之后，我频繁地在夜空中搜寻那颗星的影子，却再也没有见到过。

这对于小孩子的我来说，那种感觉仿佛是自己身体的一部分被拿走一样让人难以置信。具体来说，就像是眼睛被剜了出来一样。我分明是靠这双眼睛看到了那颗星啊。这是影响人格塑造的打击。"是不是看错了？""这种星星应该原本就没有吧。"大家开始这样劝慰我。一开始大家只是同情有点儿愚笨的小孩子，后来演变成对于冥顽不化之人的攻击和指责。

我也无法与同学朋友分享这种心情，这在一定程度上决定了我无法拥有亲密的朋友。我厌倦了被否定的感觉，所以决定把这件事隐藏在心底。但这更招致了别人对我的孤立。我是一个无法和他人坦诚相对的有距离感的小孩。不知道从什么时候开始，我就一直独自在寻找我那颗失去的星星，在自学天体观察这件事上投入了太多精力——走上了一条不归之路。

回头看看，我确实称得上是有点儿性情古怪，但是人很难发现自己性情古怪。

我与父母的决裂，也是因为这件事。

在我刚刚升入初中的时候，父母特别明确地和我说："差不多该停止做宇航员的梦了，该认真规划一下未来了。"我有一种被背叛的感觉，因为——我一直都很认真啊。都怪我自己要相信他们，不能怪人家背叛你，我一下子变成了极其别扭的叛逆期少女，只要是父母说的话都想要反抗。

然后就有了那个约定：

你这种为所欲为我们只能容忍到初中二年级，如果初二还没有找到所谓的星星，那就放弃成为宇航员的梦想吧。

从父母的角度来看，这已经是他们做出的最大让步了，原本他们是想让我一上初中就放弃成为宇航员梦想的。

这个梦想本来就是他们计划之外的。

他们以为，三分钟热度的我应该不会对长大之后想做的事情有什么执念。但是，从我的角度来看，我一直想追求的就只有这么一件事情，所以其他的事情，怎么样都可以。

但是，我这样的生活方式，马上要终结了。

以十四岁生日为分界，我将停止寻星行动。

不，实际上这个行动，根本就没开始过。

因为——这颗星星，本来就不存在啊。

6. 承诺

"好美!"

我的话被这样一声大叫中断了,双头院不仅是大喊,而且一边拍着脑袋一边从沙发上跳起来。中学生也有这种表达喜悦的方式啊。

"寻找消失的美丽之星,这样的重大事件真是太适合我们美少年侦探团出马了。你们说是不是?"

被问到的"你们",虽然看起来没有他这么热情高涨,但是也看出对于我的话并不持否定意见,这一点让我有些意外。

我正说到兴头上,突然被打断,于是正好冷静下来审视一下自己。我不禁想到这件事可能又会成为这些不怀好意的家伙的另一个笑料罢了。

"重大,确实重大,之前的委托都不能和这个相提并论。哎呀哎呀,这个家伙带来了不得了的工作呢。"

袋井有点儿苦恼地挠了挠头,他头上的三角巾有些散开了，他注意到后便把它取了下来。

听起来，他好像是在嫌弃这个委托麻烦，对于我的造访也一副不欢迎的态度，但能看出来，他已经接受了我的委托。

"寻找星星这种愚蠢的事情谁会做啊？"我本以为他们会这样回复，可是他们谁都没有这样说。我自己内心都有些动摇了。这是什么迷惑对手的方法吗？

"啊哈哈，你犹豫什么呢，瞳岛？这不是挺好的吗？团长肯接受你的委托。最近他总是以什么委托不够美为理由拒绝别人。"

还可以用这种理由拒绝别人啊。

但是，我不想用"美丽"一词来概括我的委托。为了追寻这颗星星，我吃了多少苦头啊。

"现在你们是要接受这种幼稚的委托吗？去找一颗并不确定存在与否的星星？"

"就是因为很幼稚所以才有意思啊，不幼稚的委托还不值得接呢。"双头院出来打了个圆场。

不，这不是他打圆场，这是团规之二。

"美少年侦探团团规之二——必须是少年。"

"必须是少年……"

和第一条愚蠢的团规不同，对于第二条团规我有一种认同感。不，其实我也没有理解这条团规的基础逻辑，如此说来，这也是一条我不甚了解的团规。

但是，我总觉得这条团规说了一件非常重要的事情。

好像教会了我什么我已经忘记的事情。

"就是啊，我们什么时候都不要丢掉童心。"

美腿同学爽朗地笑着对团长的话表示了赞同。

"所以我一生都要穿短裤。美腿飙太就是我！"

这怎么说呢，好像他说得有道理。

"所……所以说，你就是为了强调自己的腿才用这个奇怪的坐姿吗？"

我意识到可能话题有点儿偏了，鼓起勇气问了这个不知道能不能问的问题。

美腿同学没有解释，也没有要坐正的意思。

美术室重新陷入沉默。这时指轮站了起来。这个冷酷的天才少年和双头院不同，看起来他不是因为开心而站起来，他悠哉悠哉、一言不发地走出了美术室。

他的行动太自然了，我连阻止的时间都没有，而且我也没有权力阻止他。难道是对于我的故事太过惊讶？如果是这样的话，他的反应确实可以理解。

"别担心，那家伙只是去做准备了。"

双头院终于坐正了说道，但是他称呼指轮为那家伙，双头院到底是什么人？看起来和指轮心意相通，他肯定不是一个简单的人。

"准备？准备什么？"

"喂！瞳岛眉美，你到底在说什么？"

接到我的委托时都没有觉得我愚蠢的双头院，现在用一种觉得我非常愚蠢的口吻质问我。虽然被轻视让人非常愤怒，不过我想，他可能一开始也并非没有在内心嘲笑我，只是翻旧账不体面，所以才没有表露罢了。

那么，他相信我吗？

或许我说得不准确，但真心希望他能理解我的话，千万不要弄错了。

但是，指轮同学到底是去准备什么呢？因为寻找的对象是星星，所以没法出通缉令，也没法出动警犬，更不要说贴海报寻找这种无意义的形式了。

"那么，大家一起去屋顶吧，准备起来。"

"好嘞。"

"收到。"

"好。"

不良学生和咲口前辈以及美腿同学马上行动起来，一个个不管不顾地冲了出去。我也慌忙跟了上去。

屋顶？要返回屋顶？

应该是要再次开始进行天体观测吧。但是，我一直都没有找到的星星，即使现在有六个人，一晚上应该也是找不到的吧。而且，这些人本来就是一些奇怪的人，很难想象他们会用什么正当的方法。

"那个，双头院，你说的准备是准备什么啊？"

面对我的强势质问，双头院用一种无奈的口吻回答道："准备，除了准备直升机，你觉得还有什么？"

7. 飞行（逃难之旅）

在教学楼的屋顶，我搭乘上了震耳欲聋的直升机，我发现我们要去的地方原来是……我在完全不知情的情况下很快就要回到十年前看到那颗星星的海岸了。

这件事就发生在我向美少年侦探团提出委托的几个小时后，简直像是电影一样。我在短时间内，竟然来到了一个和指轮学园完全不同的地方。

我踏上了那片沙滩。

这确实是十年前来过的沙滩，但是和我印象里的感觉完全不同了。完全没有当时的心境，感觉不太真实。

不，我知道这是借口。

为什么我从来没有过这个想法呢？居然连一丝一毫的念头都没有，确实，如果要找什么东西的话，是应该去它最后一次出现的地方找。

不是在教学楼的屋顶找，而应该在那个海滩找。

在那趟家庭之旅的目的地找。

　　明明是基础常识中的基础，但是我竟然一点儿也没有往这个方向想过。

　　我可能下意识地在逃避这个地方吧，逃避这个我现在一点儿记忆都没有的地方。那时候全家人其乐融融的照片，我也不想打开。

　　这次被强行带来造访这个敏感禁忌之地，固然有我自己尽力克服别扭心情的努力，但是这几个人的行动力也不容小觑。

　　中学生竟然可以调来直升机？

　　那个飞行员是谁？

　　不过，借助指轮财阀的力量的话，原子能潜艇应该都能轻易调遣，更别说直升机了。相较于他们可以轻易调遣直升机这件事，更让人惊讶的是，他们完全没有商量也没有开会，就这样沉默着，用一种无言的默契，完成了这个壮举。

　　即使他们五个人关系再好，也不可能如此默契，他们也没有用无线电波交流。或许，使用直升机这件事对于他们来说不过是一个常规操作，就像是写入手册的常识一般理所当然。

他们的能力，简直比传闻中的还要厉害，这就是真正的美少年侦探团啊。

之前，我一直因为那愚蠢的组织名而对他们有点儿轻蔑。果然应该保持警惕的。这些家伙组成的这个组织，有点儿危险。

话虽这么讲，但一切都是因为我的委托，而且是他们带我来到这个我一个人不可能也无法下决心来的海滩。即使我有些许忐忑，也必须对他们说一声谢谢。

"谢……谢谢你，指轮同学，你真有钱啊。"

这次准备的费用怎么想都是指轮财团的贵公子、指轮财阀实际上的掌权者——指轮创作来出，所以我这样指名道姓地道了谢，而他只是张了张嘴什么都没有说。

虽然我也想象不到指轮同学说不客气是什么样子。或许他没说话是因为我破坏了他的心情。确实，对有钱人说"你真有钱啊"，有点儿没情商。

我的感想也太直接了。

如果我的性格也这么直接就好了。

"哈哈哈，创作说'我就是运气好而已'。"双头院靠了过来。

他个子很小，但是步幅很大，一下子就走到了我身边。

"创作一直说，他只是偶然生于富裕的家庭而已，他是一个非常谦虚的男子。格局是不是很大？"

"啊……"

考虑到现在他对指轮财团的贡献，他说这种话，让人有点儿猜不透他在想什么，稍微有点儿吓人。

但是不得不说，不愧是侦探团的团长，双头院仿佛和指轮心意相通，两个人就像通过脑电波交流过一样，难道指轮真的说过这些话？

"不过和这样的指轮相遇也是我的幸运吧，幸运也是美丽的奇迹呢，是不是，瞳岛眉美？"

上一秒还在赞美指轮同学，下一秒双头院突然指着天空问我："你在找的星星，大概在什么位置啊？"

"那……那个……说到位置……"

一下子进入正题，我有些紧张。

毕竟是十年前的事情了，一下子很难讲清楚，而且在寻找的过程中，我的记忆也在慢慢退化，即使已经来到了当时看到星星的地方，我也完全想不起当时的情况了。

记忆好像安上了过滤器。

我什么都想不起来了。

"在什么星座和什么星座之间，这样的位置也想不起来吗？你记得你看到那颗星星的时间吗？"

咲口前辈从侧面过来问道。

他洋洋盈耳的温柔声音，让我的紧张稍稍缓解了一些（连我这样固执的女孩子的紧张都能缓解得了），但是我回答不出他的任何问题。

我有点儿不好意思。

我就是在这样没有任何线索的状态下，观察了星空十多年吗？就像没有指南针而进行的大海航行一样。

那个时候，家人是为了庆祝我的生日而一起旅行，所以我看到星星的季节应该和现在差不多。

"说的也是，夏天和冬天可以看到的星座是不同的，所以根据季节也可以来判断是哪里的星星。"

"哈哈哈，如果能和眉美同学一起找到这颗星星，星座就会新增加一个呢，真是美丽且激动人心的事情啊。如果要给这个星座起名的话，就把它命名为双头院星座吧。"

团长正在乐观而恣意地规划着未来。什么？星座会增加一个？把星星命名成双头院星或许还可以，哦，不，也不是完全可以，可是星座命名……

"双头院，你不会觉得星座，包含所有的星星吧？"

"不是吗？"

不是啊。

从地球上看的话，只有八十八个星座，这些星座是不能包含所有星星的。

好吧，对于他来说可能是个知识盲区吧。但是他不至于不知道银河吧，如果要涵盖银河里所有星星的话，那就需要几千个星座了呢。

我的未来，现在就寄托在这样愚昧无知的人身上，一想到这个，我就觉得头晕。这个少年有很强的行动力，但会不会只是一个笨蛋呢？不是少年，是美少年，但是他看起来就是一个笨蛋。

"哇哦，原来是这样啊。"

对于我的指正，双头院不为所动。

"不凑巧，这是我没有学过的领域呢，其实我只对美学有研究。"

"美……美学？"

"是的，美学研究是我的专长。"

美学研究……

之前美腿同学好像也提到过。

难道这个学科大家都研究吗？

我这样想着偷偷看了一眼咲口前辈，他好像看出了我在想什么，用动听的声音说道："顺便一提我是拥有美丽声音的美声长广。"

"很多人误会我们是空有美丽皮囊的少年，这让我们很困扰。我们美的精髓，其实是我们的内在。"

啊，这种自恋的言语着实令人困扰到了。他居然还默默强调了他们外表的美。

美学和美声就不说了，美腿不就是外表吗？

我四处张望，发现了很久没有看到的美腿同学。他露出一双美腿在那里和拍过来的海浪玩耍。

你太自由了吧。

"是啊，不忘童心的飙太，是美少年侦探团的标杆呢。"双头院一边满意地点头一边说道，但是在我看来，这就是侦探团的成员不务正业的玩耍。

"只要拥有美丽和少年这两个特质，就是美少年侦探团了吗？"我带着一点儿讽刺问道。双头院摇着手指说道："不是哦，如果只有这两样的话，我们也会觉得很困扰。"

"美少年侦探团的团规之三——必须是侦探。瞳岛眉美同学，即使记忆再模糊，你也应该记得你看到这颗星的时候是面对大海还是面对高山吧，你记得方向吗？"

"啊，是啊，这点我还是记得的。"

应该是面对大海。

虽然有点儿不想承认，但当时的我和现在的美腿同学一样，在等浪花拍打在我身上。当时我的注意力完全在海上，并没有注意到星星。

虽然我不能完全确定，但十年前的我大概率就是在面朝大海的方向看见那颗星星的。

"好的好的，那就先从这边开始搜索起来，先装一下天文望远镜，我会帮你的，长广。"

"明白，主要由我来进行操作对吧？"

唉口前辈一边说着，一边去追走在前面的双头院。

我一个人留在了后面。

等我回过神来，指轮也不见了。

大家去哪里了呢，我朝四周望了望。

"喂，你这家伙来帮这边做准备。"我被一个粗暴的声音邀请。

是袋井。他正在搬运一些看起来很重的器材，大大小小各式各样，看样子似乎并不是天文望远镜。这样说起来，在出学校之前他们往直升机里塞了很多东西，都塞了些什么啊？

"别用这家伙来称呼我，要准备什么啊？"

"你这家伙是笨蛋吗？一说到准备，当然是为烧烤做准备了。"

当然是……？

双头院的"准备"是指直升机，袋井的"准备"是指烧烤，这几个人的惯用语也太奇怪了吧。

即使不是和我讲话，他们之间的交流看起来也不太正常。

"你在说什么呢？不是你这个家伙说的吗？十年前你和家人一起在这里烧烤。"

"啊，是的。"

我和他们说过了吗？在这里游泳，烧烤，一起放了烟花。

要还原到这个地步吗？难道美腿同学啪唧啪唧拍打着浪花并且用视频记录，也是因为要完全还原当时"游泳"的场景吗？

如果是这样的话，那他的确遵守了侦探团的团规之三。实际上我就是因为看到他玩水的样子，才突然想起来当时星星所在方向的。

嗯，对！

为什么美腿同学看起来没有什么特殊的技能却能获得双头院如此高的评价呢，我一边想着，一边沉默地为烧烤做准备。

"什么啊，我还以为你会说点儿抱怨的话呢！好意外，你老实地来帮忙了呢。"

……

"怎么回事？刚刚还是一副慌张到不知所措的样子，现在突然变得冷酷起来了，你是《JOJO 的奇妙冒险》里的人物吗？"

他用出色的比喻来讽刺我。

"我只是被教过不能不劳而获这个道理。"

"被教过？你这么一说的话，感觉你的父母很严厉呢，不过看起来你并不是很尊敬他们。"

根本不用我帮什么忙，袋井一边说话，一边已经麻利地做好了准备。好敏锐的见解。我被刺痛软肋，心里并不是那么开心。

所以我态度恶劣地说道："对于袋井同学这样的人来说，惹人生气很开心吧？"

其实我也很厌恶自己性格不好的地方。仔细想一想，刚刚自己的态度的确很恶劣，袋井在校外也是很有名的不良学生，我为什么要和他结仇呢？

可能是因为我们在海边一起准备烧烤的原因吧，我渐渐放松了警惕，否则他也不会听我讲话。

"确实是这样呀，我才不会在十年间一直寻找一颗不知道存不存在的星星呢。我完全做不到这件事。"

我有一种心事被说中的不安。好在袋井突然平静了下来，他默默地从冷冻箱里拿出了提前切好的蔬菜和肉，开始串串儿。

　　他的动作非常熟练，刚刚摘掉的三角巾，也不知道什么时候他已重新戴好了，说是番长，其实更像是发放饭菜的员工。但是三角巾也没有完全遮住他可怖的面容就是了（还显得更可怕了）。

　　我放下和他对抗之心，虽然憋了一肚子的火，但我还是准备帮他串串儿。

　　"你在做什么，你这个笨蛋！不要这么敷衍地串肉啊，要串相同的方向。"

　　我彻底惹怒他了。

　　刚刚讽刺他的时候，他没有生气，却在我串肉串错方向的时候生气了。

　　"好了，你去准备餐具吧，接下来都不要碰食材了。"

　　是你要我帮忙的，现在又这么凶。一般来说会做饭的男生会得到更高的好感度，但是态度这么差的袋井应该算是个例外吧。

　　如果可以做很时尚的意大利餐也就罢了，只是做个烧烤，至于生这么大的气吗？

　　十年前的烧烤也不过是随便准备了点儿肉，随便烤了烤就吃了吧。情景重现如果超过当时的标准要怎么办呢？

"肉怎么串都是一样的吧？"

"你在说什么啊？"

没，我什么也没说。

我和这个顽固狂似的配餐工作人员拉开了距离。看起来他动作麻利，态度坚决，我就依他所言去收拾餐具了。不过，他居然管这叫餐具，太夸张了。我原本以为，不过是纸碟和纸杯还有一次性筷子。然而，他所谓的餐具竟然是美术室茶室所用的银器。

平常会用这样的东西吗？

杯子不是纸杯，而是土制陶器。筷子是让人目光不禁驻足的漆筷。全部都不是一套的，有一种日洋合璧的感觉。但是他们有一个共同点，那就是一看就感觉非常高级。

这样说起来，当时我太紧张了，没有意识到，在美术室里盛红茶的杯子也非常华丽。

"啊，这些，你们不觉得太浪费了吗？"

"啊？浪费？你在说什么？餐具的话，不用才是浪费吧。"耳聪目明的不良少年又抓住了我这句话的漏洞唠唠叨叨。

说教的意味太浓了。

"但这些东西应该是古董吧?"我不太确定地问道。

袋井回道:"那些东西不是什么古董,是他们自己做的。"

"什么?自己做的?"

听到袋井这么说,我朝着他用肉串所指的方向看去,那里有刚刚一直不见踪影的一年级的天才少年。

指轮创作。

他正在玩用沙子建城堡的游戏。

不,看起来他并不是在玩游戏,他的表情非常认真。和他平时没有表情的脸不同,现在他看上去非常真挚。但是看他的动作又确实是在用勺子和铁桶把沙子挖出来,然后堆起来。

啊,那个也是重现以前的我吗?

我没有和他们提过,我以前在这里玩过沙子。

一点儿都看不出指轮比我年纪小,不过毕竟他和美腿同学同龄,所以不免能看到他孩子气的一面。

"那家伙手很巧,你没注意到吗?那个美术室里面的画和雕像大部分都是他做的复制品。"

我真是没有注意到。

我当时只以为是有钱人斥巨资收集的艺术品。当然我并非觉得全部都是真品。复制品说起来好像很便宜，但是这个水平的复制品可能和正品一样难以获得吧。

我摘掉眼镜定睛一看，他正在搭建的城堡竟有点儿像圣家族大教堂。

这个天才少年对于那个时候的我是不是有一些错误的期待。

现在一看他一点儿都不孩子气。

"虽然他运营家里的企业，在经济界有很多壮举，但是他本人其实喜欢这些细致的制作。美术创作，就是指他本人。"

"美术创作……"

原来如此，那个美术室就是他本人的化身啊。

确实，我盯着手里的银质盘子，对他的手艺心服口服。如果有做出这种东西的才能，确实有资格说自己的出身和受教育，只是偶然运气很好。

不对，准确来说，他自己并没有说过这句话。

只是双头院说他如此说过。可以指挥如此有才之人，团长的特别之处也慢慢显现了出来。

"喂，你在发什么呆，瞳岛，快点儿继续准备啊，这边的准备已经结束了，可以开始烧烤了哦，你知道准备六人份的食物有多辛苦吗？"

"我不知道啊。"

我不知道的事情其实太多了。

就连美少年侦探团的事，到现在我也是半信半疑。

"袋井，不知道你和咲口前辈关系好不好，完全没听你说过他。"

"什么？关系好？你别开玩笑了，快别这么说，你是不懂应该什么时候鼓掌的那种人吧？"

他的话听起来不像是一个有讽刺意味的比喻，我也就默默接受了。接着，袋井有点儿厌烦地说道：

"我们即使在走廊里遇到了也不会打招呼，我们只会在美术室中讲话，在团长指导下，签署了停战协议。不过，也不是只和长广这样，我和飙太还有创作也是这样。飙太只听团长一个人说话，创作除了团长外不会和我们讲一句多余的话。如果没有团长的话，咱们是难以成为一个团体的。"

听起来他的口吻很冷漠。不过他说了咱们？

可以轻易地说出这样的单词，我突然有点儿羡慕他了。

真好啊。

我也想有人和自己有一个"咱们"。

我越过了羡慕的界限，甚至有点儿嫉妒了。

"那个，袋井，你们对我委托的这件事，有多少是真的打算去做的？"

"啊？你在问什么？"

袋井没有理解我的问题，皱着眉头，我接着说道：

"对我这个今天第一次说话、原本毫无关系的人，为了我的事，你们做了这么多，是不是太有志愿者精神了。美少年侦探团，是不是有点儿像时间和精力过盛之人的游戏？

"直升机之类的事情，我内心觉得很感恩，也想感谢你们。不过，我的烦恼被你们轻而易举解决这件事，说实话，我不是很开心。我有一种被一群全校知名、人设清晰、性格各异的人把烦恼拿走了的感觉。"

我毫不避讳地讲出了这些话，这些让人讨厌的话。

我知道这些话令人讨厌。

但是话题一旦开始就停不下来了。

"你们用游戏的心情帮助了我，我却会觉得被当做你们的玩具很不开心。"

"什么？"

讲了一些伤人的话，即使现在我被请出去也毫不意外。袋井笑着说道：

"真没劲啊，你这怀疑精神又是怎么回事？说什么人设清晰，我们又不是在立人设。"

"哦？"

"你的问题就像提问'现在的小孩们沉迷游戏，所以他们会不会觉得按了重置键人生就会重新开始？'一样。大人们才是，扫墓，举办葬礼，说什么有另一个世界，对于死者做一些奇怪的事情，这才是不合理的吧。"

吐槽升级了，他指责别人的时候就会吐槽得更厉害。

扫墓还是有必要的吧。

"喂，尝一尝，有毒的。"

不知道什么时候烧烤炉已经点燃了，袋井给了我一串烤好的食物。在我把自己的心意一吐为快的时候，他已经开始烧烤了。

我一边想他真的听到我讲的话了吗，一边接过了烧烤。

有毒的，哼。

说不定他还在期待着看到我喝红茶时候那样的反应，但是烧烤不管是谁做的，味道都差不多吧。

"烧烤不要这么优雅地吃，张大嘴一口吃掉。"

真是不贴心啊。

这么大块的肉也没有其他的方法可以吃了呀，只能一口吃掉。

"哇呜。"

我一口吐出来，像上次喝红茶一样，样子仿佛尝了一口毒药，马上吐了出来，不愧是放了毒的烧烤啊。

"喂，你这家伙，怎么回事，太浪费了。"

这个人生气的点也太奇怪了，使用银器吃饭不是浪费，把肉吐出来就是浪费，真是不懂他。

"哈，是不是和平时吃的橡胶块一样的肉质完全不同，胃受不了就吐出来了。"

"这种事情是自己说的吗？"

虽然我被吐槽了，但恐怕这是我难得诚实的感想——一块肉单靠烹饪和烧烤方法的不同，原来味道有这么大的区别啊。

味道，更准确地说，是口感。

这串烧烤肉汁丰富，甚至让人有一种想喝这个肉汁的冲动。

"你……你怎么了？你哭了吗？"

因为太好吃了，等我回过神来，发现自己的眼泪在吧哒吧哒地落下，这时候我看到了袋井被吓到的表情。没想到有朝一日，我也能吓到番长啊。

"没……我才没有哭呢，只是肉汁进眼睛了而已。"

"那不是很严重吗？你还好吗？"

"别担心，没事。"

太不好意思了。

或者说，太丢脸了。

在男孩面前哭，真是太丢脸了。

我为了掩饰自己的眼泪，把摘掉的眼镜又戴上。为了进一步掩饰，我敏锐地指出：

"难……难道说……你就是美食小满了？"

"你猜对了！但是说什么难道说啊。不要用这种像是敌人一样的说法，我是你的同盟啊。"

他把我吐到沙滩上的肉捡起来，看起来肉还是热的，他把上面的沙砾抖干净了。

我一边考虑我应该如何自然而然回应他说出的那句"我是你的同盟"，一边在想，掉地上的肉只能扔了吧，沾上的沙砾也不用特意拍掉吧。但是，没想到他把肉放进了自己的嘴里。

就在我错愕的时候，他大口咀嚼了起来。

"嗯，真好吃，不愧是我做的。你怎么啦？不会很可爱地想：'哇，这是间接接吻'吧？"

"没有，我一点儿也没这么想。"

把掉在地上的东西吃掉不只是间接接吻这么简单的事情，也很不卫生啊，不是因为沾上了我的唾液，而是因为掉到地上的食物不能再吃了呀。

"没关系的，我以前都是靠掉到地上的食物为生的，比起卫生，我更觉得浪费食物太可惜了。也是因为这个原因，我才成了美食小满。托创作的福，现在可以买到一些昂贵的食材了，我觉得很感恩。"

天才少年一骑绝尘的富裕让我觉得美少年侦探团里的人都是很有钱的人，但是事实好像并不是这样。袋井说自己以吃掉到地上的食物为生，但即使以他最擅长的比喻手法来修饰这个事件，听起来也过于悲惨了。

他们人设鲜明这个事情先不提。在学校里面性格各异这个想法可能也是一种偏见吧。我越想越觉得自己的浅薄太讨厌了。为了掩饰我现在的想法，我咬了一口刚才那个肉串上的洋葱。

"哇呜！"

"你差不多得了！"

千辛万苦地，我一边大哭着一边把那一串吃完了，袋井这时说道：

"把嘴角和眼泪擦一擦，看看那边的那个笨蛋。"

他一边递给我纸巾，一边指着设置了天文望远镜的方向。那里站着在反方向观测的美少年侦探团团长——双头院。

这个人连天文望远镜的使用方式都不知道，却拥有那么好的专业器材？他对其他事情的"缺乏学问"，更像他在强调自己美学属性的修辞手法。咲口学长在他身边也吓了一跳。

"他真是百分百的笨蛋。"

说上级是笨蛋这件事情先放在一边，有人不会使用天文望远镜也还可以接受，但是比追逐浪花的美腿同学，兴致更高的双头院看起来确实是和高智商不太相关。

太不相关了……

"如您所见，那家伙所坚持的已经不只是你的委托这件事了，即使你现在撤回委托，他也会继续寻找那颗星星的。这就是他的认真之处，也是他所谓的美学。

"如果团长认真对待的话，那我也会认真对待，不要担心。谁也没有把你的委托当成蠢事，你的梦想也不是蠢事。"袋井接着说，"把梦想当成蠢事的人，其实是你自己吧？"

8. 委托人的考察及见解

这就是那次旅行的情景重现。

不知道为什么，我仔细一想，觉得有点儿尴尬。

到底有什么可以追想的呢？

说是追想，其实是妄想。因为我们一家从那以后再也没有一起出去旅行过。哪怕我放弃成为宇航员这样不切实际的梦想，度过少女时代成为大人，改变自己的态度，其实事情也不会有什么改变，全家人的关系也不会回到当初。

一旦出现裂纹，关系就难以修复。

一旦失去，便永远失去。

不止是这次旅行，我这十年间做的事情可能都是这样的吧。不是在追寻不确定存不存在的东西，而是在追寻根本不存在的东西。

只是在寻找的过程中，刚好做了一个梦而已。

真愚蠢啊。

如果想成为宇航员，那么一直努力学习不就好了吗？在那种纯白的网格空间里训练不就可以了吗？是啊，成为宇航员，需要语言能力，还需要沟通能力，和大家处好关系很重要，但是，我成了这么一个极度别扭的女孩，怎么办啊？

在追寻梦想的过程中，我变得善妒、自卑、性格差、气量小。作为一个人，没有比这些更悲伤的了。

我知道自己的性格不好，但是无法改变，我一生只能成为这样的人。真是地狱一样的人生。

双头院曾说我的梦想很美。

他曾称赞道："希望再次看到消失的星星这种梦想，真美啊。"事情进行到这一步，我已经不怀疑他的真心了，但是对此我只觉得反感。

说什么很美，我不希望我的烦恼被漂亮的语言粉饰成这个样子。我以前生气地觉得，我的烦恼，我的梦想，不应该成为你们消磨时光的工具。但是，此刻，我的想法有所改变。

是我自己轻视了自己的梦想。

是我一直觉得自己的梦想真差劲。

追求的梦想不知道什么时候开始被自己丑化。

这十年间，我就不是在追求梦想，而是逃离了梦想。

9. 随着黎明到来

　　直至天空既白，我和美少年侦探团一直在进行天文观测，但是没有任何成果。

　　非要说的话，那就是天才少年完成了圣家族大教堂，但是这个沙制城堡也被美腿同学不由分说地用美腿彻底毁掉了。

　　毁掉这个城堡的时候，美腿同学笑得很灿烂。

　　天真也有个度吧！

　　这个城堡几乎用了一整夜才完成！美腿同学根本不是什么天使，这种所为简直就是恶魔行径。但是对此，指轮只是轻轻地耸了耸肩膀。心胸也太宽广了吧？

　　大家一起轮流小憩，一起享用烧烤，然后像什么都没有发生一样一起去放烟花。在接近黎明的时候，最后不止朝着海的方向，也朝着山的方向没有遗漏地用天文望远镜观测了个遍，但是看到的都是已知的星星。

　　说是已知的星星也有一点儿奇怪，总之，没有再看到我认定十年前曾看到的那颗星星。

说不失望是谎话，但是，其实我也明白，结果可能就是这样吧。寻找了十年都没有找到，在最后一夜突然找到这种戏剧性的事件几乎不可能发生。

能够认识美少年侦探团已经是非常戏剧化的事情了，如果我还奢望更多，可能会遭到上天惩罚吧。不对，对于我来说，在少女时代的最后一天，和他们相遇，就是上天的惩罚吧。

确实，去当时看到星星的场所寻找这个主意有一定的道理，但是都是在日本国内，也不是南北半球的差别，其实看到的星空并没有很大差别。不说感觉上的差异，对于平常人的观测条件来说，在学校楼顶观测和去海边观测应该也没有太大差别。

而且说到重现当时的场景，我十年前并没有使用过天文望远镜。所以，在我们什么也没找到的这个清晨，我即将迎来十四岁的第一天。

约定之晨。

十年一梦，这些岁月也就此终结了。终于，我也从噩梦中解放了。

　　这个事情会消失，要说是蓄意，也算是蓄意吧，把学校中有名的四个人（以及一个无名的人）卷了进来，更是痛苦。

　　但是无论如何，游戏结束。

　　毕竟还是周中，今天要正常上下学，中学生已经不得不回去了。我们已经超过必须回家的时间太久了。

　　我无所谓，但是这五个人也没有必须回去的时间吗？不可能有吧。他们不是被普通规则束缚之辈。

　　这样想着，我又想到我在他们面前展示的都是自己不可爱的一面，最后了，至少我要坦诚地，不能做到坦诚至少也要直率地向他们道歉和道谢才行。然而正在我准备发言时，双头院突然说道："不得不说，现在放弃为时尚早。"

　　我的坦诚和直率因双头院的高声发言而化为泡影。然后，我产生了一种沉浸在伤感情绪中时才会有的不理智的反抗心理。

　　与其说感伤，我现在的行为完全可以理解为一种神经质。

　　而且，没有理解他的发言的人好像不止我一个人。

"什么意思，团长？"

团员也发出了质疑。

是美声长广那让人沉迷的声音。

如果是我被这个声音提问，我一定完全按这个声音的意志去行动了，但是团长不是这样，他严肃地说道："瞳岛眉美和父母约定，十四岁之前可以一直寻找，对吗？那你出生的具体时刻是什么时候？"

我也不知道自己准确的出生时刻，我想到我好像问过已经去世的祖母。啊，不过，他问这个是要……

"也就是说如果你出生在傍晚的话，那我们就还有时间。"

大家听到这个理由，一阵沉默。

我曾经把结束时间从初中二年级推迟到了十四岁生日，我以为我已经够狡猾的了，没想到双头院远比我高出太多段位。真的，这个时候还可以说出我们有时间这种话。

我觉得不能任由事情如此发展下去，于是对着一脸得意的双头院说道："那个，虽然这听起来也有一定道理，但是，即使道理上讲得通，也不可能做到，或者说这只是浪费时间。"我抱着头，希望能够说服他。

"浪费时间？浪费时间是什么意思？"

似乎浪费时间这个说法太缺乏美感，双头院露出了疑惑的神情。不是，这种事情不明说也知道的吧？

"出生时刻是夜里的话还有商量的余地，但是我的出生时刻是傍晚啊，而且现在已经天亮了，即使你说还有时间，但是我们也没有办法看到下一次星空。"

这个最后期限无论怎么延长，只要是白天，就没有意义，就像是死刑的缓刑一样。

在这里痛快地斩断妄想，其实更轻松一点儿。

"你不知道啊，瞳岛眉美，在白天也可以对太阳和月亮等天体进行观察哦。"

"不过，只能对太阳和月亮观测，对吧？"

不可能做到的，浪费时间而且不可能做到。

我说服不了他，那只能拜托他们团员中看起来和他认识比较久的人——学生会会长了。

他美丽的声音很可靠。

我听说他也算是美少年侦探团的副团长。但是，本来想拜托的咲口前辈现在一脸沉思的样子，和得意的双头院看起来像是什么双雄。

他不会是被双头院的歪理说动了吧？怎么看他俩都是在想同一件事情。

"喂！长广，不要听这么愚蠢的主意啊。"袋井说道。

这个人居然在团长的面前也敢说团长愚蠢啊，真是率真，不过听到被这么称呼的团长看起来一点儿都没有介意的样子。

"不是，小满，刚刚只是一个笨蛋在发言，但他的发言绝对不愚蠢。"学生会会长回应道。

团长又被说成是笨蛋了。

虽然团长在全权处理所有事情，但是他在美少年侦探团中不是很被尊重的样子。

"怎么回事，长广？我也认为白天是看不到星星的。"天亮起来了，美腿同学一边仔细地涂着防晒霜一边问道。

"不是的，这里有一个假说，我们要调查一下，瞳岛。"咲口前辈面向我说道。

"首先请你先回家和父母说清刚刚团长讲的理由，即使你不能让他们信服这个理由，半天左右的延期，你父母肯定也可以答应。然后放学后，你可以再来一下美术室吗？说不定有好消息告诉你。"

请你？虽然语气礼貌，但是让人没有反对的机会。而且这么优美的声音和我讲话，我也很难反对。

我在心里细想着：这是侦探团里唯一一个看起来像正常人的人，而且又是优等生前辈，那我就姑且听他的话吧。然后我点了点头。

我对自己内心的算计感到厌恶。

但是，我对他提到的假说也很有兴趣。

假说，现在这个时候，有什么可以成立的假说吗？

"啊，瞳岛，你还是不要对这个人有过高的期待，虽然他看起来很认真，但是其实他是一个和小学一年级女孩子交往的萝莉控啊。"

"什么？"

轻轻松松获得了重大新闻，我吓得后退了一步，但是其实在我的内心，已经后退了不知多少步。

"哈哈哈，不是什么值得害怕的事情，瞳岛眉美，除了萝莉控这一点，长广是一个非常不错的人。"

不是。

这个特征，不是通过高端的外科手术可以去除的。

"你们俩能不能不要败坏我的名声，那不是女朋友，是我的未婚妻，这是我父母决定的。你知道的吧，团长？"

应该是大家一直开他玩笑，所以咲口前辈冷静地应对下来了。不良同学和天才少年都无视了这段对话。不过，对于我去申请延期这件事的支持率看起来没什么变化。只是一个黑色幽默。

咲口前辈有未婚妻这件事，应该会让他的人气大跌吧，特别是他在女生中的人气。

因为这个无用的担心，我没有听到咲口前辈自言自语：

"但是不要期待过多可能也是对的吧。"

10. 端倪与尾随

我痛快地说服了父母。不是说这件事很容易接受，而是因为面对我这样没完没了的愚蠢女儿，不要挣扎直接同意似乎是比较正确的选择。

不管怎么样，和父母约定的时间延长到了今天日落之时。哎，我这个人啊，有一根稻草就会抓住，不容易死心。约定这个词语，我以后不配使用了。

匆匆吃了早饭，冲了一个澡，去除一些困意，我很快就返回了学校，指轮学园初中部虽然是私立中学，但是从我家步行也能到，如果走快点儿的话，差不多正好能赶上预备铃声。

虽然我不是什么优等生，但是我是一个不迟到、不缺课、身体健康的好孩子。我走在上学的路上，这种熟悉感把我从昨天一系列刺激的事情拉回来，我一边快走一边思考。

不用说，我不是在想前辈是不是萝莉控，而是在想前辈提到的假说，但是完全理不出头绪来。

只是，他完全没有破坏团长兴致，从最初开始那个人就好像在一边思考着什么，一边进行天文观测。我记得他当时边吃烧烤边说：

"不只是我们，世界各地应该都在进行天体观测，那么大家都没有发现这颗星星实在是太不可思议了。新星的发现自不必说，星星的消亡什么的不可能不在天文界成为重大新闻。"

听了他这番话，团长兴致更高了，干劲十足地说道："我要在别人之前找到这颗星星。"然后话题就被岔开了，但是咲口前辈想说的恐怕不是这个。

一般来想，他的潜台词是说"所以说应该是瞳岛看错了吧？"之类令人扫兴的意思。但是这样的话，话题就终结了，和他说的假说也完全不沾边。

不行了，我不理解。

这样的话，只能等放学后了。如果被班上同学发现我和学校的风云人物有交流，恐怕我会失去我为数不多的朋友。所以应该谨慎小心地去美术室。

应该悄无声息结束的少女时代，不知道为什么突然走向了奇怪的方向。这也是自作自受。这一切全都怪我没有能抑制住自己的感情。

一想到眼睛的事情我就……

"啊!"

糟了。

我突然意识到,我在洗澡的时候把眼镜摘了下来,现在把它忘在了洗脸台上。已经快到上课的时间了,我没时间回去取了。

只能这样去学校了。真是的,如果没注意到自己忘戴眼镜就好了。而且我又不是第一次忘戴眼镜去学校了(其实我经常忘记),但是,今天放学后我要这个样子去见那个反应迟钝的美少年侦探团团长了。我的心情一下沉重了,仿佛沉到了水平面以下。

"太糟糕了。"

我想快跑回去拿眼镜,我明白赶不上上课了,但是我还是停下脚步,轻轻转过身,然后我看到了……

看到了!

一个跟踪我的人。

我在不知所措中竟然吹起了口哨,然后我竟没有停下转身的动作，和这个人正面相对了。虽然这只是极其普通的遮掩方式，但我也不是非要追求美学表达的怪人。

但是为什么平平无奇的我会被那种大人跟踪呢？

在上学路上突然回头、然后吹起口哨的女孩，怎么看都可以称作怪人——先不说这个，一个成年人跟踪我？

虽然我没有看清他的样貌，但确实是一个成年人。

就这样停下脚步有一点儿不自然，于是我想让自己尽量自然地像刚才一样快步走。不行！我顺拐了！

怎么样？他会注意到我注意到他这件事吗？

如果他注意到的话，那就糟了。

我以前觉得我不需要防范跟踪者的器具，所以我身上没有可以用来防御的东西，而且我也没有带手机。不是因为学校禁止带，而是因为我父母根本没有给我买——不管是智能手机还是翻盖机我都没有。

不，更糟糕的是，我今天上午还听了萝莉控的事情，所以我现在更加不安了。虽然我有点儿自恋，但这个事情不是自恋，虽然我不像美少年侦探团那些人一样骄傲自大，但是光说是初中生这一点，说不准也有人因为这个标签而对我产生兴趣。怎么办才好呢？

总之快点儿去学校吧。

只要躲到学校里就可以安心了。

但是不要一副慌慌张张的样子。

不是运动员的我和成年男性赛跑的话，应该赢不了。不是吧？我在想什么？现在不是想这些的时候，为什么因为是女性就免不了遭遇这种事情呢？

不对不对，冷静一点儿，冷静一点儿，也有可能是我的错觉。

可能只是这个人碰巧看起来有点儿像是在跟踪我。

可能是我睡眠不足，脑子运转有点儿问题，出现了错觉。

所以我现在是基于正常偏差所表现出的警戒和危机感，和"其实并没有很危急的情况"的现实有了偏差，在下一个拐角的楼梯处，我假装不经意地向后看一下，就在我准备要放下戒心的时候，我发现，在拐角处……

在拐角的对面，我看到了——有两个成年人埋伏在拐角处。

两个人在前面，和后面的人联手，现在我要面对三个人。

我真是受欢迎啊。

如果我是这么乐观而风趣的性格就好了。但是真实的我是不懂玩笑、神经紧张、丝毫不圆融的女生。

即使被尾随了，即使被人埋伏了，也应该假装没有注意到，不动声色地朝学校走去才对。但是我昏了头，竟然走了一条小路，而且和学校完全是相反方向。

可怕的是，我还不由分说地跑了起来。

如果在山中遇到了熊，除了装死以外没有其他更好的办法，绝对不能做的就是逃跑。现在的我就是做了全部不该做的事情。

我无法冷静思考。

我没有逃去学校，也没有逃回自己家，我现在跑在一条我也不知道通往哪里的路上，总之先跑了再说。我不知道这么跑有没有意义，可能还有相反的效果。路上有拐弯的话我都会直接拐进去。

啊，我已经……已经……坚持不了了！

为什么偏偏是我？

比起尾随我，路上埋伏我，去跟踪一下全校闻名的美腿偶像足利飙太不是更值一点儿吗？

都到这个时候了，我还是希望这只是我自己过于自恋的错觉，但是，这个期望过于天真了。经过几个右转的时候，不知道是不是偶然，我就像刚才计算的一样，不用回头就能看到自己背后的情况。

虽然成功看到了后面的世界。但是怎么说呢，某个神话故事里似乎有不能回头看的规定，如果回头看的话会看到连接这个世界和另外一个世界的冥界之路，一旦回头就会有后悔的事情发生。

现实完全像异世界一样。

似乎不止三个人在跟着我。

有将近十个成年人在追着我跑。他们的样子各异，不止有男性，还有一些女性。

现在不是说我不理解的时候。

像我这样没有经历过桃花期的人，突然遇到了以女子初中生为目标的跟踪行为，有些不知所措。更准确地说，我现在看起来更像是逃跑的罪犯。

到底，发生了什么事情啊？

"啊！"

这是即使发出悲鸣也不可爱的我的声音。

　　我一直在留意背后，却没有注意到自己的前方，在右转之后，我从小路跑到了大路上，好不容易躲过了围追堵截，但是差一点儿被自行车撞到，不对，这辆山地自行车好像就是为了拦住我的去路强行横插进来的。

　　我被堵住了吗？

　　围堵我的人只有十个吗？还是除了那几个人还有其他人？那我已经走入死胡同，被堵入包围网之中了。这不是完蛋了吗？我已经绝望了。但是，骑山地自行车的不是成年人，而是……

　　小孩。

　　戴着头盔，穿着体操服，看起来和在学校里看到的不太一样，但是一旦注意到他耀眼的光芒就不会认错了。这双从短裤里露出来的美腿，我是不会看错的。

　　这就是傲视全校的偶像——美腿同学。

　　他对着满是疑惑的我伸出手，并且用认真的口吻大声说道："快上来！"

11. 双人自行车

他说了"快上来"，可这是山地自行车啊。

且不说两个人一起骑车既违反交通法又不道德，这辆自行车根本没有第二个人可以骑的地方啊，我应该坐在哪里，怎么骑才好呢？

我不太冷静，整个人都很慌张，只能凭直觉做选择。我第一次被近十个成年人追着跑，整个人处于大脑空白状态，冷静这个词仿佛在另一个世界。

没有一丝犹豫，我从正面抱住了美腿同学，手脚并用，像是考拉抱住了桉树。

我们面颊紧贴，是非常完美的拥抱姿势。

真是太卑鄙了，但是现在没有考虑这些的时间了，首先我要思考的是如何从这里逃出去。

不，其实也不是经过了思考。

去年还是小学生的学弟，看起来很苗条的美腿同学，怎么说也是男孩子，我用这种奇怪的姿势抱着他，看起来他一点儿也没有吃力的感觉。

可能是因为他有一点儿肌肉吧。

"别放手。"

他的话，我理解的是"别放手"，他没有解释直接开始前行了，可能他本来想说的是"别说话"[1]吧？然后自行车突然快速前进起来。

这么快的自行车上，说话怕是会咬到舌头。

抱着男子咬舌自尽的女子，得有多深的感情啊。就在我这么想的时候，美腿同学的自行车甩掉了跟踪我的成年人。

他比其他人骑车快太多了。

我这么想着。

美腿飙太。

不只有外表的美。

这么说来，虽然他看起来完全不像运动员，但是在他成为人气偶像之前，是校园田径队的主力呢。他现在抱着我（其实是我靠自己的力气抱着他），也可以毫不

1　日语中"别说话"和"别放手"发音相同。

费力地蹬着脚踏板，确实，不只有外表的美，内在也很结实。

回过神来，我已经完全看不到追我的成年人们了，是美腿同学救了我啊。

怎么回事？

虽然我只是自己在内心默默想过：如果要跟踪人的话，应该跟踪这个孩子。但是现在想起来，从心底里觉得自己的这个想法真是难为情。

我正在想我到底要怎么样才能补偿自己曾经猥琐的想法，这时，抱着我的救世主开始说"瞳岛，挺意外，你的胸还挺大的"之类的胡话。

也不是只要他开朗地说话我就会原谅他。

但是，这个肌肉体质的学弟，用这种方式，帮我去除了自己的罪恶感。

12. 旷课

初中二年级学生瞳岛眉美的无缺勤迟到纪录，今天终结了。在十四岁生日的时候，我第一次上学迟到了。

美腿同学不只是骑自行车很快，好像对于学校周围的路也很熟悉，在把那些成年人甩掉之后，又七拐八拐，绕了很大一圈把我送到了学校。尽管我们已经很快了，但是当到达学校的时候，预备铃和上课铃都响过了。

其实无缺勤迟到纪录也不是什么大不了的纪录，但是突然被终结了我还是有点儿不甘心。我溜进学校，按理说我应该感到总算可以先松一口气了，但是，不知为什么，我觉得十分悲伤。

"啊啊啊，要迟到了。算了，那今天的课都逃掉好了。"

与我相反，经历了长距离骑行气息丝毫不乱的美腿同学显得很开心。因为迟到就一天不上课，是不是太过自由了？

虽然很容易被他那比女孩子还可爱的外貌所迷惑，但会不会这个人其实才是美少年侦探团里最危险的人物呢？我抬起了头。

"那我先去美术室了，瞳岛同学你怎么办？"

"嗯？说什么怎么办……"

虽然我不是什么优等生，但目前为止一直假装是一个认真的学生，所以在第一节课中间偷偷溜进去应该也没什么问题。但是，现在我觉得最要紧的事情是向美腿同学问清楚刚才发生的事情。

他帮我的事情我很感激，感激不尽。

但是，刚才的时机是不是也太碰巧了？

在我被不知哪里来的成年人围追的时候，突然出现了英雄一样的飙太，也太戏剧化了。我的人生没什么戏剧化的冒险，甚至连刚才那样的救助也是不可能发生的吧。

刚才的事情一定有什么其他缘由，那么，我就不得不问清这个缘由。

"嗯？怎么了，瞳岛同学？你想和我单独相处吗？你很可疑啊！"

我感觉自己的罪恶感消失得更快了，但是生出来一些对自己的厌恶感。总之，现在我和美腿同学走在去美术室的路上。

也就是美少年侦探团的事务所。

昨天晚上的事情，细想起来感觉并不真实，像是空中楼阁一样的梦。但是现在我再次站到了美术室里，发现一切都是真真切切的事实。

在这里陈列的大部分艺术品是天才少年制作的赝品，即使我知道了这件事，这间美术室看起来也光芒不减。

嗯，我说的是这个豪华吊灯发出的光芒，总不可能这个豪华吊灯也是他手工制作的吧？

"对不起，我没什么可以招待你的，泡红茶之类的我超级不擅长，你可以欣赏一下我的美腿稳定情绪。"

不不不，你的腿，只会唤起我的嫉妒，根本不能稳定情绪。

其实，我更希望喝到不良同学泡的红茶——我以为番长也翘课来这里了，没想到袋井竟然乖乖去上课了。

"啊，我出汗了。"美腿同学边说边自然地把体操服脱掉。

他只穿了一条紧身短裤，从包里拿出改造过的校服，是不是因为他是体育生，所以可以完全不在乎地在异性面前换衣服？

他的上身有一些肌肉，非常美，除此之外，他还有一双美腿。在美术室中半裸着身体的他，可以称得上是一件艺术品。

"我原本以为你是美少年侦探团最小的成员呢。现在看起来，完全不是这样呢。"

"最小的成员？啊，真是不爽啊，你这么看我的吗？"

我一直等着美腿同学笑着换完衣服。

我想要眼神避开的心情和想要接着看的心情互相博弈，最终觉得如果眼神避开的话会显得自己不坦荡，所以我就维持这个姿势，看他换完了衣服。然后我问道：

"那个……美腿同学，足利同学。"

"你叫我飙太就好了，飙也行。"

"嗯，好，但是你为什么会救我啊？"

"助人是美少年侦探团的使命啊。"

这个回答也是没法反驳。

可我要问的不是这个。

这个小孩看起来这么自由——他昨天几乎一直都在海

边玩水，也没有进行天文观测，即使这样，他还敢说自己是美少年侦探团的一员。

"具体的事情你还要问长广萝莉控，我只是听了他的话才去的。他和我说，以防万一，让我去接你一下。真是的，那家伙总是一副高高在上的样子命令人。"

"哦，原来是咲口前辈。"

称呼前辈长广萝莉控，这种带点儿亲切的坏话听起来稍微有点儿过。但是先不讲这个，果然咲口前辈有一些自己的考虑吧。

所以，我突然在意起他说的假说了。说不定，他的假说和那些尾随我的成年人有一定的关系。这么结合起来想也是理所当然的。

"我已经给他发过信息了，休息时间他会过来的。详细的情况你就问长广吧。"

他一边说一边换完了衣服。

比起体操服的短裤，他改造完的校服短裤能露出更多腿的部分。

"但是，飙太能不能现在把你知道的事情告诉姐姐啊？"

"你不要这么贪婪哦。比起告诉姐姐，我更喜欢姐姐温柔地向我倾诉。我们等三十分钟左右哦。小满还和我说过'如果钟止了，就该换一个'这种话。"[1]

美腿同学看着美术室里摆放的落地钟说道。啊，这个人好像看穿了我要讲的事情。

而且，这个孩子可能也不能够解释清楚，还是等着咲口前辈用好听的声音进行解释吧。

我卸下防备，安心坐在美术室的沙发上，这个沙发真舒服啊。

一不小心我可能会在这里睡着，但是和一个男生共处一室，作为女孩子是不应该大意睡着的，特别是这个人虽然面若天使，但十分危险。

"所以怎么样？你说服父母了吗？"美腿同学问道。

他对这一点还挺在意的。

"他们同意了延期。但是与其说是说服了他们，更像是他们对我这个不争气的女儿没有办法了。"

"这样啊。瞳岛，是一个好孩子哦。"

虽然不知道他为什么这么说，但是我能明白这话并

1　美腿希望这个话题能够终止，让眉美不要追问自己。

不是在夸我。我有点儿讶异于自己的变化——不管对方是恩人还是救世主，我都能立马生起气来，我的个性可真是够差的。

美腿同学似乎没有注意到我生气了，他在我的正对面，像昨天一样把腿倒挂在沙发背上，倒坐着。严格来讲，他不是坐着，而是倒挂着。

"你说好孩子是什么意思？"

"我想，如果是我的话，我才不会遵守这种约定呢。我会随随便便打破这种约定。

"因为这是我自己的人生，不应该被父母所左右，我只想自己做决定。虽然长广说自己的婚事是父母做主，但其实他对小学一年级的未婚妻很上心呢。"

不是，我不想听关于小学一年级未婚妻的信息了。

"反正不是双方书面签订的有法律效应的合约对吧？那么，就别管到今天傍晚这种约束了，成为宇航员的梦想，你一生都可以去追求啊。就像我一辈子都会穿短裤一样。"

我可不希望把我的梦想和你的短裤归到一类——但是转念一想，对梦想的执着这一点，美腿同学可能比我坚定多了。

"对了，我父母离婚了。什么时候来着？在我十岁的时候吧。"

美腿同学像是刚刚想起这件事一样随口说道。

"那两个人竟然决定离婚，小孩也太可怜了——我经常听到这样的说法。但是这不过是歧视单亲家庭小孩的一种说辞吧。"

不过，父母离婚的话小孩子确实会成为拖累。美腿同学傻笑着说道。好像是讲了一个很好笑的笑话。

我什么也说不出口。

他说的话很有道理，但是我不能完全理解他的心情。这个问题对于十四岁的我来说，有一点儿过于沉重了。

然而，这个问题是我面前这个孩子十岁就不得不思考的。

"不过，在做重大的决定的时候，我不希望他们搬出我做挡箭牌。我觉得，随便你们离不离婚。瞳岛也觉得，如果自己不主动放弃梦想的话，爸爸妈妈很可怜吧？啊，不是可怜，他们是你的拖累啊。"

这个拥有天使笑容的人，真的很毒辣。

在父母与孩子的权利关系中，我总觉得孩子是受害的一方，可是如果真如美腿同学所说，其实孩子也不单纯是受害的一方。

可以放弃的梦想是本来就没那么想坚持的梦想，如果坚持的话，梦想是会实现的。

原来如此，真是金玉良言啊。

但是，这是成功者的金玉良言。

失败的人可能会这么说：

相信梦想真是得不偿失。如果那个时候放弃就好了。宇航员这么夸张的职业，听起来就会很辛苦，所以现在就应该放弃。和父母的约定只是借口，我在掩饰自己其实也想放弃的事实。

"其实，根本上我有一点不明白，为什么瞳岛的父母会反对你成为宇航员这个梦想啊？这明明是一个很值得为你加油鼓劲的梦想啊。"

"啊，话是这么说，但是，这确实是一个脱离实际的梦想吧？这就像比起音乐家或漫画家这样超出常理的不安定的梦想，父母还是希望孩子成为企业员工或者公务员之类的吧？"

十四岁的人不应该再说什么父母希望什么之类的话

了吧，但这是我直接想到的。

"唔，这么说，父母的反对莫不是和瞳岛眼睛的情况有关吧？"

一针见血！我完全被看穿了。我的身体现在因为惊惧而一动不动。因为他们的团长看起来像个孩子，所以我觉得美少年侦探团应该是没什么推理能力和洞察能力的团体。然而，这个孩子，洞察力惊人。

他发现了双头院在夸奖我眼睛的时候，我的情绪波动很大。气死了，原来我之前小瞧他了。

必须美丽。

必须是少年。

必须是侦探——这样吗？

"没什么关系。完全不相关。"

"这样啊。"

我本来以为他会咄咄逼人，所以有点儿紧张，没想到我一否定他就偃旗息鼓了。

13. 集合

然后，第一节课的下课铃响了，美声长广，美术创作，美食小满三人依次来美术室集合。

可能是有事情要做，学生会会长和理事长以及番长一个比一个来得晚，可能也有什么特别的考虑，不过，包括美腿飚太在内，如果这四个人一起出现在学校的话，估计会引起不小的骚动。所以当然需要谨慎一点儿行动。

而且，这四个人还是恶名昭著的美少年侦探团的团员——我现在知道了这个我没料到也不想知道的秘密。

委托人有保守秘密的义务，可能就是这个意思吧。

责任太过重大。

"你还好吗？"

意外的是，首先开口说话的是袋井，他有些担心我。

他不像我想的，也不像很多人想的那样，这个不良少年，其实人还不错。

他是那种因为看上去很凶而被误会的类型，这样一想，我竟然觉得他有些亲切了。

于是我强打精神，双手握紧，举起双臂，做了一个看起来充满元气的尴尬动作。

"好得很！"

因为我这个姿势不熟练，看起来像虚张声势，竟然被回了一句："你是傻吗？"

"初中生被成年人追着跑，算什么好得很啊？不要说一些违心的话。你就像用'虽然我们经常说青少年犯罪正在增加，但其实青少年犯罪的件数和程度都在减低'这种话粉饰太平的人。说起来，青少年犯罪正在增加这件事是真的吗？"

不愧是他，讽刺也很强。

虽然他的态度看起来很恶劣，但是也能看出来他在担心我。

被这么真诚地关心，我却只能用玩笑回应，我真是挺可怜的。

为什么我变成了这个样子啊？

"没……没关系。你看，飙太一下子就助我逃脱了，所以那些大人应该也不是什么凶恶之人。"

"不是哦，他们真的很可怕的。"

救世主美腿同学站在了和我相反的立场说道。

他还是倒挂在沙发上，但脸上的笑容消失了。

"我目前为止被绑架了三次，和历次绑架我的犯人相比，刚刚的那群人也算是危险的。"

"你，被绑架了三次？"

是你自己比较危险好吗？

他为什么还能这么健康地活着啊？但是，这也反面印证了美腿同学的话有很高的可信度。而且以前我一直觉得，他没什么本事，真是太失敬了（是我头发长见识短了）。

想起来这些事情就觉得很可怕，所以就先不想了。

我想要放松一下，于是朝袋井说："泡点儿红茶吧？"

"你这家伙，现在脸皮变厚了啊。可以是可以啦，还有谁想喝吗？"

美腿和美声还有美术三位同学一同发出声音，举起了手。

小满的红茶真有人气啊。

准确地说，美腿同学举的不是手，而是脚，美术创作也只是举了一根手指，看起来美术创作就是硬汉派。

这么一说，团长还没出现。

我以为团长也像前面几个人一样是为了错开时间所以晚到，但是即使这样，团长也太晚了，第一节课和第二节课之间休息的时间好像也没有那么长。

对我的事情看起来没什么兴趣的天才少年都已经来到这里了，但重要的（主心骨）团长却没有来，这件事情也太不合理了。

"哦，那个，团长和我们团员不同，他会在放学后来，因为他是小五郎。"

"是小五郎啊。"

这里的小五郎，指的是明智小五郎吧。

果然，美少年侦探团，是从江户川乱步的《少年侦探团》来的。但是，那样的话，团长不应该是明智小五郎，而应该是小林少年才对吧。

不过，压轴出场的感觉，可能和明智小五郎更像一点儿。不只是明智小五郎，基本上所有的侦探都是能力越强，出场画面越少。

双头院的能力，现在变得更加难以猜测了。

"是啊，所以我们就在这里忍一忍等放学吧。"

不是，这也太过分了。

其实，那个人不在也可以。

就这样让他辞掉团长之职也可以。

我正在这样想着，就看到美食小满化身服务生，用餐车运来红茶和糕点。

说到美食，大家都知道，在动画《美味大挑战》中出现的高级料理店——"美食俱乐部"的名字来自海原雄山的原型北大路鲁山人[1]经营的美食俱乐部。但这个名字再往前追溯，其实来自谷崎润一郎的小说《美食俱乐部》。

很多被人熟知的轶事其实都对文学有所致敬，江户川乱步可能做梦也没有想到，自己的"少年侦探团"会被这几个离谱的人援引，作为组织名。

"哇呜!"

"你差不多得了，怎么每一次都要吐出来? 喝茶就好

1　北大路鲁山人（1883—1959），日本全才艺术家、著名美食家，他将艺术和美的意识引入美食领域，创造了日本饮食独特的文化。

好喝啊。最初你这个反应我还挺满意的，现在我渐渐觉得恼火起来了。"

最初挺满意……

从脸上完全看不出来呢。

总之，喝到了很好喝的红茶，被熟悉的人陪着，我好像渐渐冷静下来了。我直到昨晚都不敢相信，和这四个人在一起我竟然会冷静下来。

昨天晚上的事情现在也变得没那么令人惊讶了。

我重新把今天早上的事情向他们一起说明了一下：我算是成功说服了父母，然后在上学路上被将近十个大人围追堵截了，然后被美腿同学救了。但是我没提我正面抱着美腿同学这件事。

"这样啊，令人抗拒的预感竟然变成现实。我以为在学校里应该就安全了呢。"

咲口前辈这样说道。

虽然稍带忧伤，但是声音好听。

美腿同学说是副团长派他去我上学的路上守着的，也就意味着，早上发生的事情是在咲口前辈的意料之中的。但是看样子，事情也不是完全按照他想的发展。

"我不理解，为什么会发生这种事情呢？瞳岛只是进行天文观察，为什么会陷入被这么多奇怪的人围追堵截的境地呢？"

袋井帮我提出了我的疑问。

为什么呢？

就像袋井说的，我区区一介初中女生，为什么会被那些人拼命围追呢？我绞尽脑汁，也想不出理由来。

像刚刚那样被一群人追的情况，好像除了明星，没人会有这种情况吧。

不是，应该问的是他们的动机是什么。

如果模仿少年侦探团，像推理小说一样叙述的话，现在应该问的不是为什么，而是动机是什么。也就是说，现在应该探讨的不是为什么这件事情会发生，而是这件事情发生了，谁会得到好处。

但是，谁会得到好处？

我不认为，围追我这样一个性格差的女孩子，会有什么人有好处。

"和性格无关吧？"

袋井不带讽刺地吐槽道。

但是好像也没有否认我性格差。

然后，他对着咲口前辈，用一种恐吓的口吻说道：

"长广，你一开始就知道事情会变成这样吗？"

他似乎是在暗示如果咲口前辈一开始就知道事情会发展成这样，那么一开始就不应该让我一个人，不是，从结果来看确实不应该让我一个人回家。但是，一大早让我带一个男生回自己家也是有点儿尴尬。

"直升机把她放下的时候，我也没想到会突然发展成这个样子，我察觉危险是在我进行了调查之后——我和指轮一起查了资料，结果发现了了不得的事情。"

了不得的事情？

现在发生的事情，也算是了不得的事情了，但他说的应该是十年前，我和家人一起去旅行的事情吧？

"嗯，接下来我会详细解释的，请你们耐心听。"

美声长广站起来，然后把头发扎起来，然后像是要对群众进行演说一样，开始讲了下面的故事。撇开团长，现在他就像名侦探一样。

14. 副团长揭开谜底

"各位请安静，请听我一言。

"当然，我没想到事情会发展到这个地步，但是当初我们接受瞳岛的委托的时候我也不是完全没有疑虑。

"接下来，我会按顺序讲。我的说明里会好几次提到昨晚，也会有一些重复的地方，请大家见谅。

"谢谢你的掌声，飙太，但是请安静地听我讲。而且请认真听，用脚鼓掌可不会让人觉得愉快哦。

"寻找星星。

"就如团长所说，这是多美的委托啊，我在少年的时候也曾为此而着迷，即使对天体观察没有兴趣的人，也会有那么一两次有寻找星星的想法吧。

"找到属于自己的星星，然后亲自命名它。

"不是任何人的东西，这颗星星只属于自己。然后让这颗星星以自己爱的人的名字命名，这大概是作为一个男生最大的浪漫了吧。

"不是，和小学一年级的女朋友没有关系，你安静点儿，飙太。下次你再插嘴的话我就要惩罚你喽。

"最重要的是，我要说的是，寻找星星这个美好的委托，不仅仅是为我们量身打造的委托，也是组成这个世界的人类永远的宏愿。

"瞳岛花了十年都没有找到。

"这个可以理解，毕竟新星也不是轻易可以看到的。而且，瞳岛一直都是自己在学习，没有借助专业知识去摸索发现。

"但是，世界各地一直都在进行天文观察，专家学者、专业人士、业余爱好者对此也是百家争鸣，虽然对于他们来说寻找新星不是一个日常活动，但频率也是相当高了。

"宇宙平时是被不分昼夜地注视着的。

"宇宙被监视着。

"换句话说，说得恰当点儿，瞳岛和父母约定的寻找星星这件事，其实是有上百万的同道中人一起做的事。即使这样，这十年间都没有发现这颗星星。

"这是为什么呢？"

"是的，小满，确实，大家会想当然地认为，这颗星星其实根本不存在，是当时年仅四岁的瞳岛看错了。但是，如果团长在这里的话，一定会觉得这个解释不美，然后一举推翻这个解释。

"有点儿僭越，但是我也是这个意见，如果因为证人年仅四岁就不采用她的证言，那就是作为侦探的失职。"

"不是哦，也不是说因为她四岁所以就要采用她的证言，飙太，处罚警告一次。

"你不要在意，瞳岛，我观察到你情绪不太对了，女学生被这样看待，确实有点儿受伤。

"那么，到底是怎么回事呢？"

"刚刚我说了，宇宙一直处于被监视的状态，其实这个说法，有一点错误。这个句子有什么错误？

"提示是今天早上团长的话。

"是的！可以进行天文观测的时候一般都是晚上，所以，宇宙被天文监视的时间不是一直，而是半天。

"当然，这也是粗略的说法，像团长所言，太阳和月亮是可以在白天进行观测的。

"我前几天也去看了日环食，嗯？和谁一起？和谁一起没什么关系吧？

"和未婚妻，有什么问题吗？

"当然，那是父母擅自做主的旅行。这一点，一直都是这样。飙太，惩罚警告两次。

"不是，小满，你不要在这里讽刺我啊。别说了，这个比喻不能公开。

"我们回到刚刚的话题，也就是说，我当时的假说就是，瞳岛当时看到的星星，不是在夜里看到的，而是在白天看到的。"

15. 天文观测（白天）

在白天看到的？

被他这么一说，我有一种你在说什么蠢话的感觉，接着又觉得自己的记忆舒畅地连起来了——是这样的，是的！

绝对是！

我一直想着，按照常理来说看到星星应该是晚上的事情，所以一直觉得自己是晚上看到星星的，但是，如果被问到，十年前的那一天，我面对大海看到星星的时候确实是夜晚吗？我无法一下子给出肯定回答。

那个时候，我只是一个四岁的小孩啊。

那是一个不太方便在夜间行动的年纪。晚上一到九点左右就会想睡觉，这样的小孩，真的可以在晚上看那么久的星空吗？

昨天，看到初中一年级的美腿同学在海边玩都觉得很危险，有点儿难以想象父母会让四岁的小孩在夜里的海边玩耍。

我看到那颗星星的时候是白天吗？

比起突破盲点，现在的工作更像是寻找问题背后的真相。但是，不论是在教学楼屋顶还是在海边，在夜晚找那颗星星的行为也算是偏离重点了。

虽然，如果这十年间我都在做偏离重点的事情，那么这个世界上就没有比我更愚蠢的傻瓜了。

"这个，是不是借口？"

袋井慎重地问道。

"把这个当成试探性答案还算不错吧，但是，怎么说呢？白天的天空，观测者确实减少了，白天只能观测到月食或者日食，所以观测者的竞争率也下降了。"

确实如此。真是令人扫兴的一针见血啊。在强烈的太阳光下，很难进行天体观测。

"确实如此，太阳光如此强烈，离它很近的月亮都看不到了呢。"

"但是，只是竞争率降低，也不是完全没有人这么做，因为，日本的夜晚也可以是别的地方的白天，因为有时差、地域差异等因素，假定瞳岛在白天看到了这颗新星，那么日本以外的其他地方也可能是晚上，所以这个夜空也应该是被观测到的。不过，角度呀经纬度什么的，这些很复杂的事情确实我也不太明白。"

"不是，我觉得你说得很对，但是，这也涉及从什么意义上来定义宇宙。"

"什么？什么叫从什么意义上来定义宇宙？"

"嗯，根据宇宙的定义，不只是航天飞船，普通飞机可以飞的高度也叫作宇宙。极端一点儿讲，从地球的重力中脱离的无重力空间就叫作宇宙。"

什么？

不知为什么，咲口前辈讲的话有点儿微妙起来了。

在听不明白太复杂的事情这一点上，我和袋井没有什么差别。或者说，提到力学，我比袋井还要差一些。虽然袋井是不良少年，但是他的成绩也在 A 班，而我在 B 班。

仔细想想，美少年侦探团的成员，都是 A 班的啊，这些人怎么回事啊，不就是精英集团吗？

不过，我觉得双头院应该不是。绝对不是！

"所以简单点儿说，瞳岛看到的星星，应该离地球很近，而且从角度上来看，除日本以外，其他地方观测不到。就像白天可以看到月亮那样，因为这颗星离地球很近，所以在白天也可以观测到。"

这个解释听起来颇为牵强，但是因为是美声长广流畅而准确地讲出来，所以很有说服力。

至少，我有一种"原来是这样啊"的感觉。

"原来是因为离地球特别近啊，那个，陨石好像也可以在白天看到，那么瞳岛看到的是陨石吗？把在大气层内燃尽的陨石错看成恒星了吗？"

"你终于讲了点儿有知识性的东西啊，飙太。但是，从宇宙飞来的物体，落点在日本的话，如果离地球这么近，那应该也会被世界各地的人目击到，只是，你说的'燃尽'大体是正确的。"

咲口前辈这么回复美腿同学道。

不知道是不是我洞察力太弱了，从咲口前辈的暗示中我还不能推断出任何结论。这个演讲名手到底在暗示什么呢？

或者就是因为他是演讲名手，所以反而不好直接讲出结论。想到我可能受到的震撼，他就有点儿难以用假说把结论讲出来。

"咲口前辈。"

我说道。

像我这样的一般学生，和连续三次当选学生会会长的人面对面讲话这件事情，我好像刚刚才有了一些实感。

"我很感谢你为我考虑，所以请你直说吧，我已经做好心理准备了。"

定义的事情先放一放，不是在一般我们认知宇宙高度的某个物体，也就意味着，我看到的其实根本不是星星。

以后什么时候要去那个星星旅行的愿望，以及成为宇航员之后想去梦想的星星这样的愿望，也就实现不了了。

我料想到了。

美少年侦探团的调查得出的结论，对于我来说一定不是一个开心的结论。我已经做好了这样的心理准备。

我肯定是哪里弄错了。

对着这个错误，我空付了十年时光。

所以，即使他们的推理有问题，我也不会觉得是咲口前辈的错，也不会觉得是美少年侦探团里的大家的错。

不管是什么推理，不管是什么结论。

我都会把责任归咎到一直以来都错了的我自己身上。

"所以，请告诉我吧，请说吧。我那天看到的东西到底是什么？"

看着下定决心的我，本来有些犹豫的咲口前辈用沉重的口吻说："你看到的是星星。但是，是人造卫星。"

人造卫星？啊？是这种结局。

虽然有点儿沮丧，但是，对于这个超级现实的词汇，我觉得有点儿不尽兴，本来我做好了完全毁灭的准备，而现在的感觉像是在我头上蒙上一块布。

"是人造卫星。"

一直沉默寡言的天才少年今天第一次开口，美术创作——指轮创作说道：

"更准确来说，是军事卫星。"

16. 宇宙战争

　　大家好像没有因为他平时不讲话就听不惯他的声音，他讲话清晰，音量适中，不会让人有听错的怀疑，但是我又不得不怀疑我听错了，因为他说的是——军事卫星。

　　恐怕这不是中学生的青春故事中会出现的词汇，这个词听起来有一种隐约的现代感，但是实际上，在现代社会也不是常见词汇。

　　这就是现实啊。

　　军事也好，战争也好，必然不是日常生活中会出现的关键词——这个词汇，只在社会学的课上出现过。

　　即使这样，这件事事发突然，刚刚我们应该还在讨论寻找星星的事情。

　　在这个事件中心的我总是喜欢做梦，又害羞又孩子气。为什么会遭遇这种不知道如何形容自己反应的事情呢？

　　不正经的美腿同学和擅长讽刺的不良少年，也是完全说不出话的状态。说了这种重磅宣言之后，指轮好像完成了自己使命般再度回归了沉默寡言的艺术家身份。

美术室被沉重的气氛支配着。打破这个气氛的还是操着一口美声的咲口前辈。从咲口前辈的角度来看，最难说出口的部分，已经由一起调查的后辈代为解释了。不知道他是感激还是觉得正常。他清了清嗓子，抛出一句：

"我先声明一下。

"这个事情本身已经完结了，作为和我们完全没有关系的事情彻底完结了。所以，在这里，绝不要产生任何误会，安静听我说完。"

就算他这么说，我也不会松一口气啊。任他怎么是演讲名家，声音好听，先不要讲这样的前提了，快点儿回到重点吧。好像是考虑到我这样的愿望，他说道："那就简短来说。"

"想象一下，有一家民营军事公司擅自发射了一颗秘密研发的军事卫星。这颗卫星不是为了完成什么任务，只是试验阶段或者准备阶段的卫星。当然，发射过程很难避人耳目，所以他们进行了层层伪装，捏造别的目的，发射了一颗军事卫星。"

像是给我们展示成果一样，美声长广娓娓道来。从昨天到今天，确切地说，是从今早到现在，美少年侦探团已经挖掘到这么多信息，可见他们能力之强。

这么想的话，可能会有点儿轻松吧。虽然我也有这种想法，可是这不是我现在想的全部。

如果他们能马上找到答案的原因不在于他们推理能力之强的话……

考虑到这个可能性，我感到自己体内的恐惧正在增殖。不，现在我要冷静。

总之先听完。

故事的大致内容已经结束了，本来不应该和中学女生有任何瓜葛，这本应该是成人世界的事情。

"确实，这不算是一件让人平静的事情。这个公司本身也做武器和兵器的研发，所以应该不是在违法经营吧？他们应该有相关的执照的吧？"

袋井谨慎地问道。

不愧是袋井，刚刚听到这个事情的时候和我一样惊讶得说不出话，但是现在慢慢地冷静了下来。

"嗯，当然了，所以有问题的是，他们没有取得许可就发射了军用卫星。这件事，有一些见不得人。"

有一些见不得人，这个说法好像有阴暗的感觉。我这么想可能是天真初中生短视的想法吧，但是偷偷发射军用卫星不就是几乎等于在为战争做准备吗？和宇宙的浪漫毫无关系吧。

"是啊，是让人震惊的可怕的事情啊，所以，遭遇了挫折。"

"挫折？"

袋井由于这句出乎意料的话皱紧了眉头。接收到信号的咲口前辈说道："这颗卫星被击沉了。"

"被击沉的事情不能拿到面上来说。"

"军用卫星偷偷发射，然后又被击沉，这难道不是已经发展成擦枪走火的战争了吗？这完全就是宇宙战争了啊。"

容易插话的美腿同学，用一种漫不经心的语气说道。一直笑嘻嘻的美腿同学，仿佛在说这个世界上最寻常的事情一般，把这个事实说了出来。

从宇宙战争这种词语向外发散，可以联想到许多令人心潮澎湃的事物，然而现在我能联想到的，只有权力游戏。

"啊！"

虽然我注意到这个事情已经有点儿晚了。

"那么，我看到的那颗星星就是军……卫星被击落的时候的光吗？"

因为害怕而无法说出军事卫星这个词，是因为我是和平主义者吗？还是因为我是胆小鬼？

咲口前辈轻轻点了点头，对现在才发现这件事的我说道："恐怕是这样的。"

如果他用具有穿透力的声音，而不是谆谆教诲的口吻说的话，我可能会更加难以平静。

即使决定了要放弃寻找星星的梦想，我对整个事件也感到震惊。更准确地说，我现在感觉受到了眼前一黑的冲击。

十年前，在家庭旅行的目的地看到那颗星星时，我可是梦想着成为宇航员，登上那颗星星的。

现在我知道，当时的我看到的是被击落的军事卫星，这已经超越了悲剧的范畴，已经是超现实性的悲剧了。

"结果，这个壮志未酬的与军事关联的公司倒闭了。所以，他们没有发射第二枚卫星，瞳岛也就没有看到过类似的星星。这是该说恭喜的事情吧。"

咲口前辈总结道。

这时候，袋井又说："等一下，长广。现在这个时候了，就没什么好隐瞒的了吧？这个事件是十年前的了，这是我们不应该知道的事情吧。擅自发射的军事卫星被击落，这件事应该是要记入历史的吧？"

这确实是当然会产生的疑问。

不像我这样对社会状况了解不详的人，讽刺大师袋井第一次听这个事情就发现了疑点。即使这个军事卫星发射的过程再隐秘，如果是被击落的话，那么……

难道，击落卫星也是秘密进行的？

"这么说起来，长广，我还没问你，是谁击落了这个卫星？"

美腿同学问道。确实，问得对。

我直觉上认为是正义的一方对于邪恶的与军事关联的公司暴举的一种反击，但是如果说到战争，可能就没有那么显而易见的正邪之说了。

权力游戏。

"难道是被外国的军队击落了，如果公之于世的话会引发国际问题，所以就选择了秘不公开？有这种可能吗？"

层层追问的袋井说道。这对于他来说可能是能想到的最深的结果了，但是真正的事实比他想的还要意想不到。

事实上，如果是这样的话，因为这已经是十年前的事情了，所以现在应该选择公开而不是隐瞒吧。

很可能真相比这还要骇人听闻，好生气啊，这种时候我就会很讨厌自己这个像墨汁一样阴暗的性格。不对，我的人生中没有一刻不讨厌自己的这种阴暗，我总是会把事情向最差最差的方向去想。

不只有发射卫星的一方。

击落卫星的一方也有想要隐瞒的事情，那是最差的情况了，虽然我并不想考虑这件事情，但是思考的方向自然而然地到这里了。

是的，我看到的星星是人造卫星被击落时候发出的光。

一般来讲，人们认为，我看到的光可能是卫星进入大气层时，机器燃尽时发出的光，但事实上并不是这样，就像刚才讲到的，那是军事卫星被击落的瞬间发出的光。

我看到了卫星爆炸的样子？

"诶？这不是很奇怪吗，瞳岛？再怎么强调这个卫星低空飞行，靠近地球，但那也是太空对吧，人造卫星也是飘浮着的吧？那就是说是在无重力状态下对吧？也就是说没有氧气。在小学的时候学过的吧，没有氧气不能燃烧。"

美腿同学像刚刚意识到一样说道。

是这样的，但这个知识点在小学没有学过。

不管是没有氧气，还是在宇宙空间中，这和人造卫星被击落发生燃烧其实是无关的。因为有例外的燃烧现象——核聚变。

这个卫星是由核武器击落的——这个事情，确实不能公之于众。

如果公之于众，那就不是军事卫星暴露这么小的骚动了。那就超越了国家问题，变成全世界范围内无法挽回的巨大暴行。

"那么，那是试验吗？重要的是，用不合法的手段试验性地击沉非法发射的军事卫星，听起来也无可指摘，并且他们认为这是应该隐瞒的事情，而且几乎成功了，好像什么都没有发生的样子，在谁也不知道的情况下，这件事情悄悄终结了。"

"你不要强行总结了，长广，事情不是被你和创作两个家伙轻松查出来了吗？"

被袋井这么一说，咲口前辈回应道："是啊，这就是问题所在。"

"这就是只要调查就可以发现的事情啊，当然，我没说这很简单。我们也借助了创作的人脉才得出现在的调查结果。只要有把散落的信息串联起来的想法就可以得到这样的结论。"

所以，这就是危险所在。咲口前辈说。

"只要有一个契机，就可以发现这个像定时炸弹一样的秘密，所以，拥有这个契机的目击者，就成了危险人物。"

拥有这个契机的目击者。

这不用说——就是我。

17. 目击者

这怎么说呢?

我一直把美少年侦探团性格各异的团员们称作危险人物,没想到,现在我被指定成为真正的危险人物。听起来像是什么黑色幽默。但是,今天早上我被那群不明所以的大人追堵确实是事实。

那些大人,究竟是什么人?

如果我十年前看到的星星真的是军事卫星的话,那么我被那群大人那样追堵也就不足为奇了。

至少,比我原本设想的原因——我是初中女生——更加合理一点儿。

如美腿同学所言,那些人是可以和绑架犯相匹敌的危险人物。

这么一想,我今天早上可以逃脱,真的太幸运了。我现在更是这样觉得了。

但是,怎么会变成现在这个样子呢?我看到那颗星星已经是十年前的事情。

不应该是已经结束的事情吗?

"在这一点上,我们也有责任。我们把你带到那个海岸的事情,应该成了今天早上事件的导火索。"

咲口前辈看起来真的很抱歉地说道。原来如此,原来这个就是原因啊,现在至少可以确定一件事情了。

但是,回想一下,除了今天早上那样声势浩大的跟踪之外,我的行动从以前开始应该就一直被监视着,可能从十年前开始我就一直被监视着。

即使失败也一直坚持观测的我,一直被当成目标监视着。昨晚,我有了美少年侦探团的帮助,在我十四岁之前的最后一晚第一次接近了真相。

这件事情是导火索。

"这么说的话,其实今天早上我们不逃跑是不是更好一点儿? 装傻,然后假装什么都没有注意到,假装没有注意到有人跟踪我,正常来学校的话是不是好一点儿?"

美腿同学发表意见的口吻以及其言辞所指都犀利而严格。是的,我不应该反应过度,也不应该逃跑的。

我当时应该自然点儿,应该装傻充愣,就是因为当时我跑掉了，所以他们才会调那么多人手那个样子来追堵我。那就是我们相互确认了对方存在的行为。

开始了。

没办法回头了。

"我……会怎么样呢？"

被藏起来？被消灭吗？

没想到，我会遇到像电影一样的剧情。

但是，发生的事情，远不止电影那么简单。

我成了绝对不能公开事件的目击者，被怎么处置，处置成什么样，都不足为奇。

"我……会怎么样呢？"

我不自觉地又问了一次，真是丢脸。

平时，我是一个固执己见、死要面子、虚张声势又别扭的人，可在这样的时候，竟然开始求救，准确地说是开始讨好了。

我想要保护什么东西。

这些人，本来和我毫无关系。

说是没关系，更准确地说是我单方面像是泄愤一样把这些人卷进这件事里面，我不能忘记是我向他们提出了委托。

"不会怎么样。"

袋井说道。

是啊，我被他们这样直接放弃也无可厚非。

"我们会和你一起的，所以不会有什么事情。"

"嗯？"

"对不对，长广？不管对面是谁，对我们来说没有差别对不对？"

"是的，当然！"

一直一副成熟样子的咲口前辈此时终于露出了微笑。

这是那个我们熟知的学生会会长可靠的笑容。

"不管大人的情况如何，都没有关系，我们是少年。"

美腿同学和天才少年都对咲口回以微笑——这些人，怎么回事？

为什么在这种状况下他们还笑得出来？

美少年侦探团。

和我这种人不同，他们有大格局的特殊人设吗？一直以来性格很差的我不禁卑鄙地这样想他们。

不行！我很开心。

他们和我站在一边这件事情让我开心。

他们是我的伙伴这件事情也让我开心。

我也自然地微笑起来了。

虽然说现在不是微笑的场合，但是感觉我的笑意实在忍不住。我真是令人不快的女孩子啊。

"实际上只要和警察联络就可以了，对吗？说是被奇怪的人一直纠缠，可能会被他们绑架是不是就好了？"

不管怎样，脑子终于能动的我这样说道。

"怎么说呢，道理是这样没错，可是警察也可能是对方的人。"

咲口前辈终于坐到了沙发上，他这样说道，接着对袋井要求："请给我续一杯红茶。"

"不这样的话，那就冒着被嘲笑的风险说，我在十年前看到了军事卫星被核武器击落的事情，但是这种事情，肯定没有人会相信的。"

袋井边顺从地往茶杯里面续茶边说道，手法熟练。

"我们没什么证据对吧？关于此事，我们知道的只有你的证言而已，而且应该也只有那些和此事相关的内心不安之人才会敏感地应对这件事吧。不过，如果你真的被绑架了，真的下落不明的话就可以立案了。"

　　他又追加道，事情不会发展到这一步。不知道是不是因为他是不良学生，所以对警察机关的行动很了解。

　　美腿同学、咲口前辈和天才少年都有一点儿这样的气质。

　　他们以前都处理过什么样的委托啊？我现在更加在意了。现在这个事件的棘手程度，也不是常见的，但是感觉他们好像并不是第一次处理这样的事情。

　　他们有没有什么调查事件簿之类的东西啊。

　　虽然这个侦探团聚集了个性迥异的成员，但是好像没有能记录他们所做事情的人。

　　就在我愚蠢地这么想的时候，美腿同学说道：

　　"没有证据的话，我们就创造一些证据。"

　　"即使没办法证明十年前的事情，至少，瞳岛今天被追堵的事情是真的吧？"

　　"嗯，是的。"

　　现在想起来也觉得是恐怖的体验。

　　但是，这怎么能成为证据呢？

　　现在说什么创造证据，今天早上的事情也没有留下可以成为证据的东西。

"所以，我们只要抓住对方那些人中的一个，就可以作为人证了吧？今早的那些人应该不是当时事件的亲历者，但是我们可以顺藤摸瓜，最终找到头目，是不是？"

"哇……"

我不禁发出感慨的声音。

虽然听起来简单，但也是一个不错的思路。

我没有想过要反过来抓住一个刚刚在抓我的人这个办法，这个天使外貌的人，是团宠，跑得又快，本以为是机动人员，现在看起来他还是负责策划的人啊。

"但是只有尾随中学女生这种指责，是不足以让他们开口讲真话的。"

而且这个人……还很邪恶。

不过，这也是现实吧。

犯罪没有什么等级之分，但是犯罪有品格。

"是不是，长广？"

"不要在萝莉控的问题上问我的意见啊，我又不是真的萝莉控。这个想法本身是可以的，但是是很危险的作战计划。他们不但会提防我们的反跟踪，甚至还可能是武装过的。"

武装过……

我没有想到这些人可能会持枪，但是，的确没有人能保证说这些人一定没有持枪。而且，已经提到了核武器这样令人害怕的词语了。

那么现在发生多么可怕的事情都不足为奇了。

我虽然不想自己就此殒命，可是对方手里有武器，即使他们本来不是要杀我，最终我也可能会迎来这样的结果。

"既然如此，那就让我来做吧。"

袋井把五人份的红茶分好后说道。

"暴力相关的事情，那是我的专业领域，我在这里不就是为了这样的时候吗？"

这个发言让人浑身一冷，虽然听起来是很靠谱的话，但是如果就这样接受了的话，也太不合理了。

相比恐怖，我感到更多的是危险。

破灭的，颓废的。

和美完全无关。

刚刚的话确实很符合他在学校之外也声名远扬的不

良学生身份，但是不知道为什么我就是有些不能接受。

当然不行了，会发生奇怪的事情的。我的表情现在出卖了我的心思。

但是，没有什么好办法，无力的我应该怎么办呢？

"不是哦，你在这里的原因是你做饭很好吃。"

美术室的门被优雅地打开了，美少年侦探团的团长，双头院登场了。

"诸君安心，我有妙招。"

18. 妙招

据说在放学后才会出现的双头院像掐准时间一样出现了，美术室的氛围一下子缓和了。虽然他的到来看起来有点儿不合时宜，但是他也是我最期待的大救星。

这个时候，第二节课开始的铃声响了。

休息时间结束了。

"那么好孩子就去上课，现在跑起来的话不会被当成迟到的，我的妙招就由坏孩子推进。"

虽然来得晚，但是他一点儿也不怯场地这么吩咐道，不愧是团长。听到他这么说，咲口和袋井从沙发上站起来。

优秀学生咲口前辈我是可以理解的，没想到袋井也是好孩子啊。

美腿同学和天才少年竟然是坏孩子组，我不是很理解他们的世界观。

我也不知道我应该属于哪一边，所以有点儿慌张。

"瞳岛是当事人，不管好坏，如果不留下来的话我们会有点儿难以继续。"

双头院对我说道。因此，现在美术室里有我、双头院、美腿同学和天才少年。

我感觉组员进行了交换之后，这个屋子里的氛围一下子有了变化。

先不说沉默的天才少年，双头院和美腿同学的氛围都很明快，直白点儿说，就是这两个人都有一点儿轻浮。

"对了，双头院，你知道事情的全部了吧？"

"哈哈哈，别担心，我大概掌握了。"

"他刚刚是站在门外偷听了吗？"

我想，偷听可不是什么美丽的事。

"说长广是萝莉控这件事对吧？"

"那你这不是什么都没听到吗？"

"我这也是紧赶慢赶才赶过来的，如果你能尽量讲明白的话就太感谢了。"

被他这么直接地拜托，我也只能用自己的语言尽量总结性地向他做了说明，虽然不能像咲口前辈那样娓娓道来。我自己讲述的时候才意识到，怎么会有这么离奇的故事啊。难得咲口前辈那么认真地说出了这么离谱的故事，我深感佩服。

"唔，也就是说。没有新的星星了？真是太遗憾了。"

双头院听完我全部的讲述之后，有点儿遗憾地努了努嘴。应该说他孩子气吗？但是他听了军事卫星事件之后，还是只关心丢失了当初的目标——新星，这让我觉得他除了孩子气之外还有点儿别的什么。

少年气吗？

不对，是美学。

美学之学，人如其名，但是他这个"学"字好像不只来自他的名字。

我突然对他想到的妙招有了一些兴趣。他曾断言过没有知识也会有美学，那么我想看看这次他有什么好主意。

我也暗想，希望可以见识一下很让人震惊的……

"什么？你别担心，我不会有什么奇怪想法的，特意追求震惊效果是虚荣的行为，那不是美。所以基本上我想按照飙太的想法来实施。将追瞳岛的人的其中之一抓住成为人证，这不是一个很棒的想法吗？"

"嘿嘿。"

被表扬的美腿同学看起来很开心，很意外，这个人在团长面前表现得这么成熟。

看起来他就是在装乖。

"但……但是，问题是，这也不是什么简单的事情吧？对方也有所警戒的吧？而且，我去当诱饵的话……"

双头院回答道："诱饵？我们不做这种事，这件事违反美学。与此相反，我们要让这些人彻底找不到你，在他们找不到你慌张动摇的时候抓住他们——这是我的主意。"

原来如此，真直白啊。

太直白了，不禁让人觉得有点儿失望。但是，这个对策也有一个问题，如何让他们完全找不到我呢？

我家的地址他们当然已经知道了，我上学的地方肯定是分不同的人在监视正门、后门以及学校的各个地方，这下我插翅难飞了。因为学校有保安，所以他们肯定不能直接闯到学校里来，现在这个样子，我放学了也不能出学校了。

"啊哈哈哈，如果可以的话，你暂时就在这个美术室里生活吧。"

确实像美腿同学说的一样，这里有带帷帐的床，在这里生活应该没什么不适应，而且看起来比在自己家还要舒适。

而且有专属厨师。

但是，那个厨师做的料理我全部吐出去了，这有一点儿不好受。

"瞳岛，你以为我们是谁？"

我觉得四面楚歌，但是双头院胸有成竹地说道。他应该是我的战友，但是他这个胸有成竹的样子真是让人生气。

不知道啊，你们是谁啊？

"你振作一点儿，我们是美少年侦探团啊。美少年侦探团的团规之三——必须是侦探。瞳岛，说到侦探的话，要怎么样呢？"

不知道啊，你想说什么？

"说到侦探当然是要变装了。变装名手夏洛克·福尔摩斯，他那个身高，竟然可以变成老太婆。"

这确实是应该吐槽的地方。

我应该毫不犹豫地一顿讽刺。

那么，你不是明智小五郎吗？明智小五郎也有变装的事吗？

"即使我退一万步，承认说到侦探就想起变装那又怎么样呢？是双头院你要变装吗？"

"这点事情，我想你不用退一万步才承认，算了算了。我没有在这里变装的必要。你怎么就像在说别人的事情一样啊，变装的肯定是你啊。"

"是……是我？"

"是啊，你变装之后，就能骗过那些跟踪你的人的眼睛。下面就该你出场了，创作。"

双头院一边洪亮地说道，一边打了个响亮的响指，同时，一直等在旁边的创作从沙发上站了起来。

美术创作。

"化装。"

对这个简单的指令，指轮点了下头。

要化装吗？

19. 美少年侦探团的美术担当

化好装了。

"这……这是我吗?"

看到化完装的自己,我惊呆了。

镜子里的这个人我以前一次也没有见过,以后,应该也不会再见了,看起来这个人就像是绘本中会出现的那种眉目秀丽的美少年。

我涂了发蜡,穿着男生校服,虽然这么说起来很简单,但是完全就像变了一个人。

完成了工作的美术创作,站在我的旁边露出了罕见的满足神情。

确实也应该这样。

严格地说,我不仅化了妆,而且修整了眉形,穿了紧身的束腰内衣,戴着讲究的饰品,就连皮肤和指甲也都修整过了,当然还做了一些其他的努力。现在我全身上下已经没有他没有干涉过的地方了。

说实话，我就像是没穿衣服一样，完全展现在这个人面前，从头到脚，全部被这个人摸了个遍，我感受到了作为女孩子的尊严已经完全被破坏的屈辱感。但是说实话，被天才艺术家的手像艺术品一样对待也不是什么不好的事情。

化完装的我看起来像是相当英俊又自成一派的美少年。准确地说，是一次新生，这感觉简直用语言难以形容。

"你不是讨厌美丽的外表吗？"

在"制作我"的过程中被隔离在美术室的美腿同学恶作剧般地说道，被他这么一讲，我快速恢复了自我。

"我讨厌啊，特别讨厌啊，被打扮成这个样子真是让人受不了，现在也想打碎这个穿衣镜。但还是生命比较要紧，今天我就先忍一忍吧。所以指轮同学，你明天帮我写一下化装的方法。"

我对于这件事情没什么干劲。

美少年的皮囊之下竟然是性格这么差的我，我不能接受这个事实。

外表和内心不相符合，说的应该就是这样的事情吧。

"不是哦，是你原本底子就很好，我一开始就注意到了瞳岛的魅力。"

真的吗？

你就饶了我吧。

美术创作仿佛是电视节目制作的美工班底一样，说是伪装用的道具，衣服自然是其中一环，但是没想到他连鞋子也准备好了，侦探的伪装，看来不是故弄玄虚。

我这样想着，又看了一次穿衣镜中的自己，我觉得这个人不应该出现在美术室中，而应该出现在博物馆中，他看起来像一个古董，和博物馆的气氛很相宜，是一个可以一直被展览的美少年。

自恋情结这个词来源于那喀索斯因为看到水中自己的倒影过于美丽而跳入水中溺亡的故事，我现在也是同样的心情，很想跳入镜中。

但是如果我跳入镜中的话，镜子就会碎掉。

这个美少年的模样也不复存在。真是逻辑上的悖论。

我看着镜中不知道是谁的自己，内心充满爱意，全心全意地为这个人而感到心动，原来是这样啊，原来镜中的这个人已经不是我了。

看到这个美少年还觉得这是瞳岛眉美的人应该没有。我这个样子，应该不会被任何人发现，没有任何问题，我现在就可以堂堂正正地走到学校外面去。

应该会如计划的那样，那些不知是谁的跟踪者也会觉得意外吧。正在我这么想的时候。双头院大声地说道："这样不行，太不行了。"

我注意到他站在我身后，双手抱胸，露出一副很为难的表情。

"啊？这……这哪里不行了，双头院？"

我有些吃惊，回过头问。

对于这样的绝世美少年还有什么不满的呢？如果对他的容貌有什么不满的话，那先来找我，不对，现在他就是我。

双头院根本没有搭理我这个什么都不懂的人，而是直接对指轮说道：

"这也太美了创作，就像我平时说的，你的技术太高超了，这是你在美上面唯一的缺点，你应该拥有一些抑制自己才能发挥的能力。"听起来他像是在指责指轮。

这是什么指责方式啊？

被指责的指轮把这句话当作耳旁风，艺术追求之外，他好像没什么其他兴趣了。

双头院真是完全不被尊敬的团长啊。

"你说得具体点儿，团长。"

美腿同学说道。

"所以说啊，像我们这样有一些瑕疵的美少年是无可厚非的，但是像这样正统的美少年放学的时候旁边竟然没有女孩子同行，这不奇怪吗？为什么那个美少年这么美却没有女朋友呢，这反而引人注目了。"

双头院为难地说道。没想到他自己心里也清楚，他们是有瑕疵的人啊，对于我来说，这真是一个令人开心的新闻啊，而且他的意见确实也有一定的道理。

不对，这如果是平时的我的话，一定会笑双头院的意见愚蠢，但是我现在被他（我自己）的美貌所虏获竟然无法反驳。

这样美的美少年一个人放学或者和同性的同伴一起放学，会让人感觉有什么隐情，旁人肯定会奇怪的。

但是，现在能怎么办呢？

我不想把自己本就不多的女性朋友卷进这个事件，

虽然拜托她们的话，她们应该也会答应和我一起放学吧，但是因为这件事情有危险，所以也不能轻易拜托她们。

不是我的朋友的女孩子就更别说了。

而且美少年侦探团的团规规定了，必须是少年，所以他们应该没有女性团员。

"那就没有办法了，团长的职责之一就是为团员收拾残局，那我就脱一层皮吧。"

双头院如此说道，随后真的就像这句话字面意思那样，脱掉了校服。

"现在可行性有了，还有一件工作，要拜托你哦，创作。"

20. 最佳情侣

然后，放学后。

百年一遇美男子和绝世美少女从指轮学园一起放学了。虽然不太谦虚，不过那个美男子就是我，不是很想承认，那个绝世美少女就是双头院。

这就是艺术家的工作。

简单来说，双头院只是涂了发胶，穿了女生的校服而已，和我不同，他的样貌并没有完全变成另外一个人，但是就是这样的变装也非常完美。

这大概就是真正的底子好吧。

不只是漂亮，双头院还具备一种并非一般人的气质。一件没什么特点、设计一般的女生校服被她，不，被他，不不，还是她吧，这么一穿，就像是一件礼服一样了，哪怕是传统的长筒袜，也产生了遮腿以外的美化效果。

我本来想当然地假想，如果男扮女装的话，美腿同学可能更好一点儿，但是双头院对于这个角色的完成度彻底颠覆了我的想法。

虽然天才少年不会这样做，但是如果是一个平凡的艺术家有了这样美的作品，那么可以就此封笔了。

顺便说一句，我其实也假装无意地问了美腿同学，但是他拒绝了男扮女装的提议。即使他不男扮女装，他也长着一张女性化的脸，而且比很多女性都要美，我觉得他可能是对假扮别人这件事情有心理障碍吧。

不过他这么有名，即使变装了，和我走在一起也容易暴露。

但是……

"虽然是基础款女装，但你是第一个从系列第一部就开始女装的人啊。"

"什么，你在说什么？"

没，啥也没说。

伪装的技术不是双头院的，而是指轮的，外表看起来是完成了，但是双头院没有一点儿演技。只要开口说话，旁人就会发现这个女生声音口吻完全和双头院一模一样。

在这方面我也是一样的。

但是，静静走路的双头院，看起来就像是一朵静静开放的百合。他体形小，和我扮初中生情侣，身高差很适宜。而且双头院会不自觉地不过于亲密地挽着我的胳膊。

怎么会被一个男子挽着胳膊。

我们非常自然地用一种上流社会的挽手方式将手勾连在一起。把他的手拿开是一种不绅士的行为，所以我也以此自律。

不是，我本来也不是绅士。

各种意义上，我们的角色都发生了转换（瞳岛眉美和双头院一起）。

双头院的伪装也完成了，站在我旁边有一种情侣的感觉，然后就是单纯地等放学了。（结果，我逃掉了今天全部的课，和坏孩子一起。）我现在有点儿习惯我的造型了，不过稍微冷静下来一想，这样会不会太碍眼了呀。

不止是碍眼，简直是显眼。

这已经不是伪装成老太婆的福尔摩斯的事情了，像我们这样的最佳情侣一起放学，别说跟踪者了，就是在学生中也会引起热议吧。

大家会讨论那两个人是谁吧。

这样想着，我不禁想快点儿走了，但是我不得不和挽着我胳膊的双头院步调一致。

毕竟总听说，作为陪同的男士，必须和女性的步调一致。

总之我和双头院从学校里出来了，接下来我不知道在哪里会被谁监视着，所以有一些紧张。

我知道，美少年侦探团的成员应该会在后面看着我们。指轮、咲口前辈、袋井和美腿同学现在应该正在准备绑走监视我的人。

四个人手里分别有今天早上追堵我的人的肖像画。这个肖像画是根据我和美腿同学的证言，由指轮同学画的。

在美术室几乎没有存在感一直都沉默寡言的指轮，应该是美少年侦探团最有侦探技能的人。说实话，这个人拥有的才能实在是太多了，但是感觉美少年侦探团才是最适合他的地方。

顺便一提放学后回到美术室的袋井，看到焕然一新的我曾没有丝毫戏谑地说道：

"你被做了什么？你这家伙，拒绝掉啊。

"只是伪装而已，有必要女扮男装吗？"

话是这么讲啊。

但是这里有艺术家自己强烈的坚持。

"真是的，你现在这个样子，我真是没有立足之地了呀。"

我不太清楚他在说什么，就先当他在夸我吧，他们对双头院的造型没有任何评价，可能美少年侦探团的人不是第一次见团长以女装示人了吧。

"长广的未婚妻以后也会是这种感觉，对不对？"美腿同学打趣咲口前辈道。

适可而止吧，我稍微有点儿在意了。

长广的未婚妻是什么样的小学一年级学生呢？

将来会成为这种感觉的话，应该是很有前途的未婚妻。先不说这个，我们现在正在放学的路上，不宜过于着急，但是也不能停下脚步。

虽然现在不应该是说这个的场合，但是我完全变装成另外一个人在外面行走，有一种奇怪的心情，甚至稍微有点儿开心。

不应该有这种开心的心情的。

这不是什么游戏，我们正处在危险的旋涡中心。

不只是我一个人，双头院也是这样。

"双头院，我能问你一个问题吗？"

"如果这个问题很美的话，那就可以。"

他这个回答是怎么回事？

虽然我不知道这个问题美不美，但是我还是直接问了出来。

"你们为什么会这样真心帮我？"

这个问题和我昨晚问袋井的问题有一些相似，但是我提问的初衷是完全不同的。我昨天带点儿讽刺地问袋井，美少年侦探团对于我的事情到底有几分是真心的。

现在这个问题已经不成为问题了。

我已经不怀疑他们的真心了。

帮我女扮男装，再让团长穿上女装，完全就像是文化祭上的恶作剧一样，如果他们不是真心想帮忙的话，不会为我做这么多。

但是正因如此我才想问。

为什么他们对我的事情可以关心到这个程度呢？

"不管真相如何，我这十年间寻找的星星确实并不存在。双头院当时说这个委托很美，但是现在我们都明白寻找星星这个委托是绝对达不成的。而且从现在开始，对于你们来说，这个委托也只有风险了，所以现在撤退，对于美少年侦探团来说，才是更聪明的处理方式吧？"

"嗯，虽然我没有想过，不过确实，现在放弃的话更聪明一点儿。"

双头院拍了一下手说道。

不是，连这点儿事情都没有想过的人，到底算什么侦探啊。

他不是不学习任何东西，这个人就是根本什么都不考虑。作为一个没什么顾虑的侦探，他竟然就真的什么都不考虑。

"因为'现在放弃'这种做法一点儿都不美。"

这也就暗暗否定了那种聪明的做法。

"现在放弃这件事，违反了我的美学，你放心吧，瞳岛眉美，我们虽然不会保守秘密，但是我们会保护委托人。"

不是，你们也保守一下秘密啊。

被现在不是美少年而是美少女的人这么一说，我一时语塞，不知该说不好意思还是真难为情。

我化了漂亮的妆容，我的外貌现在变成了美少年，但是这个人的内核还是我啊。

外貌什么的，其实也不只是外貌……

我这样卑躬屈膝、心思不纯、内心阴暗的别扭的人。

"完全像灰姑娘一样啊。"

"嗯？"

"你看不是经常有人说吗？灰姑娘被会魔法的老太婆施了魔法，穿上礼服，在舞会上和王子第一次相遇，之后却把自己的水晶鞋忘在王子那里，最终王子通过水晶鞋找到了灰姑娘，灰姑娘成为公主。灰姑娘自己什么都没做，是一个被动的公主。"

我又不想成为什么公主，而且现在自带公主气质的双头院在这里说些什么？

"我不认为灰姑娘什么都没有做。她在心思不良的继母那里忍耐了许久，最后的结局是她应得的，如果最后不是开心的结局的话，我会觉得这个故事不好。"

我只是想借童话故事显得自己格调很高，本来只是抱怨，没想到竟然获得了一个认真的回答。

"同样的，这十年间你一直在追寻星星，这十年里的每一天都绝对不是浪费。你因此而遇到我们也绝不是白相遇一场。你一定会获得回报的，即使星星不存在。"

一点儿也没有在意我的心情，一点儿都没有安慰的打算，直接地讲出了事实——双头院没有为别人心情着想这种意识。

这只是他的心声。

而且，再一次，这只表示他的心声，没有其他考虑。

"顺便一说，有人会问，为什么灰姑娘的故事里面，晚上十二点一过，华服和南瓜马车会因为魔法消失而不见，但是水晶鞋不会消失呢？让我说的话，世界上没有比这更愚蠢的问题了。"

"啊？真的吗？我以前也觉得这非常不可思议呢。"

虽然也不至于说是矛盾，一直流传下来的童话本身就是怎么方便怎么来的一种叙事，但是美学的答案不同。

双头院大声斥责道：

"我们不应该把这个故事纳入妖精教母的范围内，因为华服和马车只装饰了她的外表，在华丽的城堡里面参加舞会的灰姑娘的美好内心完全没被表扬，所以这算是什么魔法？"

21. 作战失败

现在双头院正在进行一场无法回头的冒险。但是真正和危险靠近的，不是双头院，也不是我，而是准备抓住跟踪者的后方四个人。

我和双头院两个人的任务，就只有平安地突出包围网，而后方的四个人要和那些不明身份的大人接触，他们面临的危险是不可估计的。

说是大人，但是其实只要抓住其中一个人就可以了，如果是以四敌一的话，即使是以中学生的体格，也不是什么很难的事情。袋井这样说过。

"我们只要选里面看起来很弱的人就可以了。"

学生会会长仿佛胜券在握，我知道这件事情并不是他们随便说说。但是我担心的是可能办不到。

双头院不知道是因为信任团员们还是根本什么都没有考虑，他似乎一点儿也不担心。

我想，总之，我们这对俊男靓女的情侣突出包围网是很有可能的。

我们就这样离开学校，没有在周围发现围追我们的人，虽然现在还不能掉以轻心，但是也可以先松一口气了。

"嗯，就这样啊。"

双头院带着扑了个空、有点儿失望的口吻说道，他应该不是在期待有什么事情发生吧。

"不过瞳岛你也挺敏感的，一般来说，人是不会发现自己被尾随的吧，我就绝对发现不了。"

这个发言对于一个侦探来讲，稍微有点儿问题。虽然我知道他要表达的意思。

"是啊，女生在这方面会比男生神经敏感一些。"

"可能是这样吧，不过正因为你敏感，才可以看到被击落的卫星吧。这可是即使有人想要看到也不太容易目击的事件呢。这样的话，我们美少年侦探团，不得不考虑让女孩子加入了，我们虽然一直在招收团员，但是现在还没有女孩子入团，美少年侦探团的团规之二要稍微改一下了，现在的时代不应该出现男女不平等。"

"啊哈哈。"

只要说出现在团员的名字再进行正式招募的话，应该会有很多人希望加入，但是这里面恐怕没有符合双头院所谓美感的人吧。

啊，我突然想起来，我把眼镜忘在家里了。如果我这个样子回家的话，父母应该会吓一跳吧，而且和父母的约定……

"啊。"

我考虑着这样那样的事情，突然停下了脚步。

由于我停得太突然了，挽着我胳膊的双头院差点儿摔倒，他用眼神问我怎么回事？

"我们换条路。"

我这样说道，但是已经晚了。

不是因为有人跟踪。

在某种意义上，现在的情况比有人跟踪更加糟糕。再走下去我们会遇到结伴回家的邻近中学的男生们。

哪里糟糕呢？说得委婉一点儿，这个学校的学生和指轮学园的学生，不论男女，关系都非常差。

番长袋井的怒视好像起了作用，现在为止还没有发生大的冲突。但是双方都非常在意自己的地盘。我们刚刚满脑子都是突破跟踪者的包围网，不知什么时候，我们好像已经进入了两所学校的缓冲地带。

如果是平时的话，我也不会这么着急，但是现在我们这样的装扮就像是在对他们说"你们快来纠缠这对俊男靓女的情侣吧"。

事情怎么会变成这样？

我没想到，在说军事卫星、宇宙战争这样庞大的话题的时候，初中生们孩子气的争地盘活动又冒了出来。

我当然没有可以回缓这种关系的社交能力，双头院看起来也没有。而且他无所顾忌的发言，很可能还会引起大的骚动。

即使没有发展到这个地步，我女扮男装的事情或者双头院男扮女装的事情被发现，不知道会有什么后果。

看起来他们已经注意到我们了，像是中心人物的一个学生朝这边看了一眼，现在正打算向我们搭话，这个时候突然闯进来一个人影。

如果你说这是偶然的话，那这个时间点也掐得太好了。这明显是一个故意的行为。

这个人可能是感觉到了我们之间一触即发的紧张气

氛，像是要遮挡这种气氛一样，强行插入中间。此人身着黑色西装，身材高挑，是一个女性。她现在仿佛是故意要破坏我们对面男生们的找碴行为。那些男生看起来有些扫兴，就这样和我们擦肩而过了。

干得漂亮！

帮助被纠缠的情侣本身就是一件十分需要技巧的事情，但是这个人在我们被纠缠之前就帮了我们。

"嗯，很美！"

双头院率真地感慨道。

关于美的评价双头院一直很率真。

不对，先不说帮助人的技巧，她是一个很美的女人。还戴着眼镜，所以我有点儿不能确认她的相貌，但是她站立的姿势就像时装模特一样。

她的穿着本来就很时尚，甚至有一种这件衣服穿在她身上增加了衣服魅力的感觉。

"谢……谢谢你帮我们。"

不管怎么说，现在的场景下，我都应该对她说一声谢谢，于是我朝她靠近。我想，美少年侦探团有头有脸的团长可能不能直率地说出感谢的语言，如果是我这个女孩子和这位女性去道谢的话，应该会更容易一些吧。

"不客气哦，毕竟是我们先来的嘛。"

她这样说着，把太阳镜拿了下来。

然后我失去了意识。

到底，我还是一个说不了感谢的话的人啊。

22. "二十人"

当我回过神来时，已经在一辆车上了。

不对，到我意识到这是在车上，其实花了不少时间。说是"车上"，其实完全不是我们可以想到的、一般意义上的车。

这辆车空间很大，目之所及，一些带靠背的椅子相对而立着，旁边还有一个豪华的迷你酒吧……我联想到一些我看过的外国电影的场景，虽然不能说得很夸张，但是观察到这里，我也可以推断出，我应该是在保姆车中。

保姆车。

这辆车体很长的高级车是怎么转弯的呢？我有点儿疑惑。

我失去意识的时间应该不长，但是我身处的环境却完全不同了，我身上被动了什么手脚？究竟发生了什么事？

我想弯一下身子，却做不到。

有什么东西卡在了我的胳膊上，正这么想着，我看到一个绝世美少女。

这不就是双头院吗？

他闭着眼睛，看起来像是睡着了，但是同时，他紧紧地握着我的手。

"那个孩子即使自己昏倒了，好像也不愿意放开你的手呢，真是有毅力呀。"

我的正面传来一个声音。

我吓了一跳，急忙转回头看向我的正面。

刚刚看的时候我对面的椅子上还没有人呢，只是稍微回了一下头，此刻就看到刚刚出现在放学路上的那个女性正交叉着一双长腿坐在椅子上。

她摘下眼镜，更可以看出她的美了。

"该说是有男子气概吧，我刚刚稍微为他做了一下身体检查，那个孩子是男孩吧。"

一瞬间，我做不出回答。当然我应该也被身体检查过了吧，我是个女孩这件事也被发现了吧。

或者说，他们早就看出来我本来的样子了，所以才绑架了我吧，但是他们是怎么看出来的呢？

我不仅仅变了装，我是被虽然身体是初中生但智力足以保证财团运营的天才艺术家指轮创作打造出来的艺术品，是神级艺术品啊。

因为她帮我们摆脱了其他中学学生可能的干扰，所以我放松了警惕，这是我不对。但是，他们连指轮的变装手法也可以一眼看透，这就太令人难以置信了。

"给你，大小姐，没有的话你会觉得有点儿麻烦吧？"

她这么说着掏出一副眼镜来，她非常自然地掏出这副眼镜的样子让我毛骨悚然。

因为这副眼镜是我今天早上忘在家里洗手池边上的——我的眼镜。

也就是说，这个人不知用什么手段进过我家了，而且不仅如此……

"怎么了，不需要吗？不需要的话，我就从窗户扔出去了哦。"

她恶作剧般地说道。我放弃了，乖乖伸出手，当然，伸出的是没有被双头院抓着的那只手。

意外地，她爽快地把眼镜递给了我。我就这样，直接戴上了眼镜。

她美艳地轻笑一声。

这个微笑非常美，但是会有一种她轻视我的感觉，所以我心里有点儿不快，不过这也是当然。对方可是绑架犯，而我是囚徒。

我们处在不同的立场上。

但是我既没有被绳子绑着，手上也没有手铐，嘴也没有被堵上，作为一个囚徒，这已经很好了。

"你看起来好像有什么话要说，你想知道我的名字吗？我叫丽，我们接下来会有一段短暂的相处，请多关照。"

我没有问，但是她竟然自己主动说了，她的名字叫丽。

她看起来一点儿都不像心里有鬼的样子，如此堂堂正正地说出了自己的名字，不过这应该不是她的真名吧。

"啊，你不要误会哦，我说我们会有一段短暂的相处，不是要把你们怎么样的意思，我讨厌暴力。我只是在让你们上车的时候轻轻地摸了摸你们的脖子而已，这个应该不算是暴力吧。我们是负责接送的工作人员，就是说把你们送到是我们的工作。"

再一次，我什么都没问，但是丽主动说明了起来。

除了因为我这个人把所有疑问都反映在脸上外，丽的专业性也太高了吧。

"虽然不知道送到之后你们会被怎么样……你要喝什么吗？不喝吗？那好吧，我就随便给你一点儿喝的东西喽。"

丽去迷你酒吧拿出瓶子和杯子，看起来她已经完成了接送工作人员的工作，整个人显得很轻松。

确实，她已经完成工作，应该放松一下。

虽然我不知道我们现在在朝哪里走，但是保姆车一直在飞速前行，现在也不可以跳窗逃跑吧。

我们没有被捆住，但这绝不是因为丽善良，而是因为没有必要。当然，退一步说，如果我们在这个车内抵抗的话，她就会轻轻抚摸我们的脖子。

所以她的工作已经结束了。

我们没有反抗的必要了。

"你现在的表情，我有点儿看不懂，小眉美，你在想什么呢？"

丽好像很有兴致，一边把装有酒的杯子放在杯架上一边问。

"让我和你们这里级别最高的人讲话。"

我一边抑制着自己颤抖的声音，一边说道。

"二十人里面级别最高的人就是我。当然最有能力的也是我。你对这样的我有什么话要讲吗？"

她回答道。

她若无其事的口吻让我觉得她不是在说谎。

"我们会乖乖的，不会忤逆你们。"

"这是什么？投降宣言吗？"

那一刹那，丽好像感到有点儿无趣，叹了一口气。

"你们不乖乖听话也可以，忤逆我们也行，不过用美少年的外表，说这样的话，姐姐觉得你很可爱哦。"

"你们要把我送到哪里，或者要对我做什么都可以，但能不能放了他？"

我说着看了一眼双头院。

"先把他放回去吧，和他没有关系，请你们不要把他卷进来。"

"嗯？真是让人意外呀，我以为最近的小孩都会更多考虑自己的事情呢。"

不知道为什么，丽好像确实看透了我，这也是从我的表情中读到的吗？

先不管她的依据是什么，她确实猜对了。

我就是这种人。

我只考虑自己的事情，而且我对自己的厌恶已经无可救药。我就是一个生性别扭的卑鄙之人。我以后也会成为一个无趣的大人。

但是，正因为这样，正因为我是这样的人……

这个人才不应该因我这种人卷入这件事。

这个即使已经昏过去了，也还是要贯彻自己美学的美少年。

"但是你为什么觉得我会听你的话呢？我可是绑架犯，是罪犯，是坏人哦，你觉得我会因为你流泪就答应你的要求吗？"

"我觉得你会听……"

"你这样想啊，为什么？"

别问我为什么，我也回答不出。

确实我没有什么明确的根据，也不是经过了什么推理，只是如果非要说理由的话，应该是因为我们被她绑架的时候的事情吧。

丽帮助了可能和其他学校学生发生冲突的我们，我如果问她理由的话，她应该会说是他们先盯上我们的。

但是我猜在她帮助我们的那个时候，她应该没有注意到我们的真实身份。

很有可能是在丽帮助我们之后，我凑过去，她近距离看到了我的眼睛，才判定这个人是我。

即使是最天才的艺术家也没有办法改变眼球的样子吧。

我并不觉得她是一个好人。

她是一个绑架犯，是一个罪犯。

但是她不是一个完全的坏人，至少即使在工作中，她不计得失地帮助了初中生情侣。

如果不是这样的话，事情会很难办，或者说如果不是这样的话，我就没办法帮双头院逃出去了。

"好的，明白了，随便你。"

丽爽快地答应了。

用一种怎么都行的语调。

我抱着必死的决心进行交涉，但是没想到她如此轻易地接受了我的要求，我突然有点儿悲从中来，可能是因为我的心里准备太过头了。

丽朝着驾驶位的司机说道："十二，你在可以停车的地方停一下车。"

十二？刚刚丽说他们是二十人，那她说自己是丽的时候，可能其实是说零[1]？

总之松了一口气之后，我开始考虑这种没什么意义的事。

"不用停车啊。"

一直抓着我的手的双头院，不知道什么时候醒过来了。

为什么不用停车？

"因为这样活下去的话，不美。"

1　丽和零的日语发音相同。

23. 双头院学

虽然我说了很多次这个人是笨蛋，但是这一刻，我确信了，他真的是笨蛋。

这个人是无可救药的笨蛋。

我第一次见到一个如此彻头彻尾的笨蛋。我真想让他把我刚刚冒着危险和罪犯交涉的那点儿勇气还给我。

在这个关头，我已经不在意他什么时候醒来的了，我冒着生命危险想帮他逃离这里，然而逃走这件事对于他来说却是不能允许的、违反他的美学的事。可是不管怎么说，这个时候生命比较要紧吧。

明明他只要在这个保姆车停下来之前一直假装在睡觉就可以了。我虽然不认为我和双头院可以趁着停车的时候一起逃走，但是他放弃自己逃走的机会，也太不可理喻了吧。

假装睡觉难道也违反他的美学吗？

"看样子我昨天有点儿睡眠不足，不知不觉睡了这么久啊，希望我睡着的样子还像一直以来一样美，你就是绑架犯吗？"

看起来他一点儿也不怕大人。这个样子的双头院，心里对穿着少女装的自己是如何看待的呢？

面对双头院，丽非常冷酷地跷着二郎腿，双手抱胸，仰着头，看起来非常疑惑。

如果丽善于观察并抓住人的心理破绽的话，就会发现双头院是彻头彻尾的笨蛋。但她大概对不知道在想什么的对手生理上有一些厌恶吧，因此并没有发现双头院的破绽。

"我是双头院学，美少年侦探团的团长。"

"啊，你是团长啊。"

丽敷衍地点了下头。

这就是大人的态度，但这也不能算是大人的从容。

"如果可以的话，你能不能告诉我美少年侦探团是什么？"

该怎么说呢，感觉她似乎是在对我提问。如果可以的话，我也想知道。

美少年侦探团到底是什么？

"呵，美少年侦探团是什么，以后你会亲自领教。在那之前请允许我先提问，你们是谁？你们的目的又是什么？"

一上来就逼问对方。

"是谁不清楚，目的是钱。"

丽惊愕地回答道。

看起来她被迫卷入了双头院的节奏。她一旦开始考虑这件事情，就意味着其实已经被双头院牵着走了。

我对于自己因为个人的事情，连累了双头院他们，在主观上进行了反省，内心也无比愧疚，但是如果客观判断的话，被卷入的其实是我吧。

"如果你想知道的是我们客户的信息，那你还是放弃吧，因为我也不知道，这样我们才能保护委托人。我们二十人根据委托人所说的场所和方式把这个孩子带去。"

从她的口吻中可以听出，她完全没有和双头院交涉的想法，看起来她很想在这里把双头院放下车。

这个事情我不用看她的表情也可以知道。

"用不知情来保护委托人，真怪啊。"

双头院说道。

被他说怪那就完了。

"如果是我的话，会通过知道底细来保护委托人。"

"保护？如果你死了的话就谁也保护不了了。"

面对丽言语中透露出的威胁，双头院丝毫不胆怯，反而显得充满活力。

"我要守护美学，如果不守护美的话，就等同于什么都没守护，只要知道了美，就等同于知道了所有的事情。"

双头院坚定地说。

"所以你知道这个孩子成为目标的理由吗?"

"当然了，是因为她看见了不应该看见的东西。"

虽然他说起来一副高高在上的样子，但是实际进行调查的是他的部下。

现在想起来，这个团长从开始到现在，什么贡献都没有做出过。

"军事卫星和核武器对于我来说是不美的东西，但是它们在海那边落下的样子，应该非常耀眼夺目，十分美丽吧。"

就像为了显示一种不偏不倚的态度，双头院不带主观判断地说道。

确实是十分美丽的。

那束光，即使是因为邪恶的原因而照亮的，对于十年前的我而言，也充满了巨大的魅力，它不应该消失。

"但是我有个疑问，囚禁她一个人，情报还是会外泄，还是说你们要把目击了这束光的人都杀光。"

"不……不是这样，恐怕你也不知道。"

丽一边说着，一边又恢复了淡定。双头院终于认真了起来。

"目击者只有这孩子一个人哦，也就是说只要绑架她就好了。我们说的那束光，这个世界上只有瞳岛眉美的眼睛可以看到。"

24. 瞳岛眉美

我的眼睛的确有问题。

不是视力差，而是视力太好了。

当然这和如何定义视力好也有关系。准确一点儿来说，我的可视范围比一般人要广一些。

如果说我可以看到放射线和 X 射线的话，那这就不是一本推理小说，而是科幻小说了，但是大概就是这个意思。个中原因我自己其实也不是很清楚，说实话我也不是很想了解，所以就一直逃避，没有彻底了解过我眼睛的事情。

最重要的是，我的眼睛视力非常非常好。

其实我也不想有这么好的视力。

有些东西，即使我不想看到，也会看到。

就像本不应该被注意到的跟踪者，我注意到了。

一般视线注意不到的、躲在拐角处埋伏的大人们，还没有遇到就提前注意到的其他学校的学生……

在日头当空的白天看到了不应该看到的军事卫星坠落过程。当然四岁左右的我应该比现在的我拥有更广的可视范围。

所以目击者只有我。

世界上只有一个人，只有我看到了，只有我知道。反过来说，除了我之外，谁也不能成为这次卫星被击落的人证。

事情就是这样。

"所以对于我的委托人来说，这不是什么费事的事情，只要监视眉美一个人，就可以保证安全系数。"

丽耸了耸肩说道。她现在完全控制了谈话节奏。确实比起回答提问，她更适合这样就某件事情进行说明。

侦探听了这个说明会怎么做呢？看起来双头院并不是很认同她的话。甚至在她开始解释的时候，我看到他有点儿愤怒地发出了一声"啥"的诘问。

"也就是说，你们这些人就放任一个可怜的追梦少女，在这十年间一直寻找一颗不存在的星星，而你们在这十年里隐藏真相，悄悄躲在暗处监视。真是服了你们，长广听了肯定要大发雷霆。"

"虽然我不负责监视眉美小朋友，但是她被监视这件事情确实是事实，不是从昨天晚上开始，而是从十年前开始。"

听了这句话，双头院转向了我。

如果他想问我这十年间有没有感觉到这种监视，那我确实只能回答没有感觉到，虽然我的视力好得过分，但那也不是什么万能的透视能力。

当然，我也不是完全没有注意到，正因为有点儿注意到这件事，所以我不知道从什么时候开始变得在意别人的目光，变得有点儿唯唯诺诺。

"而且一般你都戴眼镜来'保护'自己对吗？"

丽阅读人表情这个能力我望尘莫及。现在她带一点儿戏谑地对我说道。

"本来监视马上就要停止了，因为眉美十四岁生日之后就会停止天体观察，但是没想到，她乘坐直升机到了当时的海岸，事实上还有四个帅气的男子相伴。"

"事实上四个？"

事实上被抹去存在的帅气男子，现在正穿着女孩子的裙子。双头院的样子确实有一点儿奇怪。但丽完全没把他放在心上。

"然后我们二十人就被派了出来，老实说，我最初还在想这是不是在杞人忧天啊，但是没想到你们仅仅一天之内就如此接近真相了。"

"哈，这就是美少年侦探团。"

双头院自豪地挺了挺胸，所以接近真相就是"事实上四个人"的工作。

"所以美少年侦探团到底是什么东西？"

丽有点儿不耐烦地问道。

看到她没有完全忽略双头院的样子，我觉得她果然不是一个完完全全的坏人啊，但她应该不会就此放过我就是了。

即使不是一个坏人，她也是一个商人。

"你是想知道美少年侦探团的团规吗？"

这个团长既不能读懂人的表情，也不能读懂人心中所想，对于丽嘲讽式的提问他毫无怒色。

"第一，必须美丽。第二，必须是少年。第三，必须是侦探。"

"这就是美少年侦探团？什么嘛，和没解释一样。"

"当然，如果只是这样的话，那就只是美少年侦探，几个美少年侦探聚集在一起也不过是聚集的美少年侦探罢了，美少年侦探团还有一个最重要的团规，也就是第四条团规。"

第四条？

我本来坚定地认为他们的团规只有三条，没想到竟然还有第四条。

美丽，少年，侦探。

在这之后还应该有什么呢？

"是的，第四条团规对于我们来说是一条极致的团规，也是最必要的团规，美少年侦探团团规之四。"

双头院会心一笑，最后自豪地说道：

"必须是团队。"

我终于注意到了……

虽然他自己什么也没做，但是，每当他挺着胸非常自豪的样子出现的时候，一定是在夸自己的团员。

"老板。"

这个时候，驾驶席的人突然朝丽喊道。

声音听起来很紧张。

"有情况，从刚刚开始就一直有一辆自行车在追我们的车。"

不用朝后车窗回看。

我知道，这个骑自行车的人绝对就是美腿少年。

25. 追赶

越野自行车的时速可以达到多少，我也不知道。据说，理论上是完全可以达到在普通路上行驶的汽车的速度的。但毕竟这是人力骑车啊。

我没想到这种高时速骑车还可以维持几个小时，即使理论上说时速可以达到九十千米，我也不认为现实中真的可以达到每小时九十千米。

用自行车追汽车，本来就是不可能的梦话。

美腿同学，把这个不可能变成了可能。他现在丝毫不在意形象地站起来蹬车，疯狂追逐这辆保姆车。

我们虽然不至于被他追上，但是也不能甩掉他。

"这个就是今天早上和你用奇怪姿势骑车的那个孩子吗？"

丽眯着眼睛望着美腿同学说道。她还是一副从容的样子，但是多少有点儿被吓到了。

"他名叫——美腿飙太。"

双头院说道。没想到，丽认真地接受了这个介绍："这样啊。"

她是被惊呆了吗？

美腿同学目不斜视一直直线骑行的样子，不仅没有人会觉得滑稽，而且，他满身大汗地在高速路上疯狂蹬自行车的样子，充满美感，会让看到的人心动。

当然，他露出来的腿也很美。

"怎么办，老板？看他的那个速度，如果我们紧急停车的话，他应该躲不开的。"

十二一边不安地看向后视镜，一边向丽建议道。

"当然不行喽，你在想什么，那可是个孩子啊。"

被双头院这么一说，丽点了点头，说道："确实是这样。"

看样子她不像会随随便便同意。

"那怎么办，老板？虽然他追不上我们，但是我们也很难甩掉他。如果他一直这样跟着，恐怕会妨碍我们的任务。"

十二补充道："总之很碍眼。"

丽不是等闲之辈，她似乎完全掌握了部下的心理，部下陷入紧急刹车这个不稳妥的提案中，思路难以打开，但在路上追逐车辆，美腿同学是可以切身感受到危险的。

然而，现实中也有意外。

美少年侦探团最可爱的不着女装就很像女孩子的美腿同学，可是一个很强劲的体力派。保姆车车身的长度本来就很招摇了，还有一个天使面庞的美少年在后面紧追不舍，这个景观，很难不被人围观。

"那个，眉美。"

丽朝后面看着，突然问我：

"你怎么看？"

"嗯？你说什么怎么看？"

面对这个不明所以的提问，我感到很疑惑。她不顾我的疑惑接着问：

"他应该不是不分青红皂白乱追的吧？不是这样的，对吧？我想，他首先应该有一个明确目标，他是为了这个目标才穷追不舍。"

明确的目标……

确实，从心理学和人性论的角度分析，他应该也不是完全没有计划。

不过，面对实力如此强劲的对手，美腿同学最后还是会被抓起来吧。

虽然他有体力，但是没有反抗的技巧，我和双头院也没有办法对付丽，美腿同学应该会经历人生第四次被绑架。

我们一点儿胜算都没有了吗？或者他们还有什么计划吗？还是说唯一的计划就是那个样子追汽车吗？

我完全想不到，也完全没有线索，我的视力虽然很好，但是不像丽那样有很卓越的分析能力。

我战战兢兢地说道：

"你是过度自信了吧？我不明白你问的问题。"

她耸耸肩，然后神情变得有些厌烦，朝着双头院问道：

"在那边的团长知道点儿什么吗？"

"哈哈哈，我不能告诉你。"

"我因为不喜欢暴力才没动打人的念头，但其实我可以拷问你，让你吐出真相。"

"拷问也没用，我是这个世界上最不清楚他要做什么的人，作为团长，我很重视成员的自主性。"

"你不是用'知道'来守护吗?"

"那是委托人,我的部下里没有弱到需要我保护的人。"

"这样啊,那你是被保护的一方喽?"

丽信服地点点头。

双头院可能只有这么点儿能让人信服的地方吧。

"好吧,那我们就去问问当事人吧,如果问那个吸引大家目光的孩子要追到什么时候有点儿不体面,那我就直接问问他,为什么要保护这种什么都不懂的团长。"

"等……等一下,直接?"

丽斜眼看了一下吃惊的我,对前面说道:

"十二,这一次我们要停车。找一个合适的有空地的地方,遵守道路交通法,找一个暂停区,注意不要发生事故。"

26. 手机

美腿同学仰头倒了下去。

自行车也坏掉了。

经历过这样一场完全没有水分补充的追车行动，即使是体能超过一般人的美腿同学和最新的山地自行车也达到了自己的极限。我们都被美腿同学的气魄欺骗了，实际上，十二再行驶十分钟应该就能甩掉他了。

在这个意义上，丽不是败给了美腿同学的坚持，而是败给了自己的好奇心。但是这里用败这个词也有一些言过其实。

竞争还没有开始。

只能说美腿同学用自行车搏来了些许胜算，至于最后的结果如何，现在还不好说，但是丽在这里停下保姆车，对我们来说是一个有利的决断。

否则美腿同学的策略很可能在事情有结果之前就被攻破了……

更别说美腿同学很可能根本没有什么策略，那就一点儿胜算都没有了。只是凭一时冲动，美腿同学就开始追保姆车，这种可能性也很大。拜托了，你千万不要说自己是一时冲动来的啊。

虽然我很想让他说话，但是全身湿透喘不上来气的美腿同学看起来也说不出什么。十二把他搬回车里，让他躺在垫子上，丽递给他一瓶本来放在迷你酒吧吧台上的矿物质饮料。

不要照顾敌人。

拜托了，求求你说点儿什么吧。

"哈……哈……哈……团长，你没事真是太……好了……"

他在再次启动的保姆车中，说的第一句话，是对双头院说的，他也太忠诚了。而团长大大咧咧地回答道：

"是啊，像你看到的一样好。"

就像你看到的，我们并不是真的好。

"如果你可以说话的话，我想请你说明一下，这位穿短裤的少年。……男生穿女装，露腿，美少年侦探团是这样的组织吗？"

对于丽来说这是一个当然会有的疑问，但是她真正想问的恐怕不是这个。她想问的是，美腿同学追车有什么计划。"

"我是美腿少年哦，姐姐。"

"美腿？这一看就明白了。"

丽不愧是成年女性，她如此自然地回答，和我们这种初中女生真是完全不同。好像是为了强调她穿着紧身网眼袜的腿，她将两条腿换了个位置。

但是其实美腿同学也没有对自己的腿自恋到这个程度。

"不是的……不是美腿……虽说美腿也是美腿啦……"

他断断续续地说道。

"飞腿……刚刚我是想说飞腿来着。"

飞腿？

飞腿是以前的说法了吧，确实有那种送信的人被称为飞腿。

"嗯？送东西可是我们的事情哦。"

丽这样说道。美腿同学从短裤的口袋里拿出一个手机递给她。先不说学校规定不能带手机，这个手机对于初中生来说也太老土了，不是智能手机，而是缺乏个性的手机。

但是，丽看到这个手机脸色马上变了。突然，他站了起来，像是要控制她一样，把这个手机推到了离她更近的地方了。

这是什么交涉方式？

好像要撇下我一样，丽沉默地接过了这个手机。同样应该被撇下的双头院看起来很平静。

"飙太，你累了吧？我给你揉一下腿。"

双头院开始慰问部下了。

怎么回事，这个人的危机意识也太弱了吧？

丽仔细端详起这个手机，她美丽的脸蒙上了一层阴影。虽然看起来还不至于恼怒，但事情发展应该是出乎她意料了。

那个手机是怎么回事？

"不止一两个人？不对，包括你应该有三个人，不这样的话，无法完成交易的对吧？"

丽试探地问道。被团长揉着腿的美腿同学回复道："猜对了，三个人！"

　　一个外表看起来是美少女模样的人，正在给一个疲惫到满身大汗的美少年揉腿，这画面，怎么说呢，总之看起来有点儿悖礼了，而且，我们现在身处保姆车中，我感觉看到了不应该看到的东西。

　　三个人？什么三个人？

　　"十二，失去联系的那个家伙联系上了吗？"

　　"有几个人一直都联系不上，十三、十八和十九一直没有定时汇报。"

　　听到十二的回答，丽不加掩饰地叹了口气。

　　"原来如此，把你们当成小孩子真是大意了，但是你们知道如果我们把你们当成大人来对待的话意味着什么吗？"

　　她叹了口气，虽然没有感到让人害怕的压力，但是她自然而然地说出的这句话，让人感觉到的不是害怕，更多的是现实。

　　让人很难回答"我当然知道"。

　　其实我也不知道美少年侦探团做了什么事情。十三、十八和十九应该是二十人的成员吧。

　　没有定时汇报的话那应该是……

　　"我们作战成功了哦，瞳岛。虽然没能阻止他们带走团长和你，但是我们成功地抓住了跟踪瞳岛的一部分人哦，足足三个人呢。"

　　美腿同学有点儿恶作剧地笑着说道。然后他朝向丽：

　　"那我们，人质交换吧，姐姐?"

27. 人质交换

　　这就是美腿飙太用山地自行车搏来的胜算啊。他们控制了丽的同伴——二十人的成员中的三个人。

　　是啊，我忘记了。

　　我因为被绑架而昏了头，是啊，我们本来就有这样的作战计划呀。

　　这样啊，我们没有失败啊。

　　而且，抓住一个人就了不得了，没想到他们竟然控制了三个人，本来想着三对一，现在是三对三啊，每人都控制住了一个人。

　　即使没有团长，他们也是特别有能力的初中生啊，看起来好像团长不在他们会更有能动性。这到底是个什么团啊？

　　所以美腿同学完全发挥了脚力，拼了命送过来的电话是被控制的那三个人的东西，十三、十八还有十九的手机？

手机。

虽然我没有手机，但是对于成年人来说，手机应该就是现代社会的身份证吧。当然，犯罪团伙使用的手机应该是密码复杂、难以攻破、保险措施万全的吧，外人应该轻易破解不了。像这样直接把电话给她的方式，丽不会视而不见。

不对，她是不是准备视而不见了？

像这种接受别人委托，绑架毫无关系的初中生的组织，应该算是真正的邪恶组织了吧。这种组织，对待在任务中被对方抓住的手下，毫不留情地弃之不顾也是很有可能的。

如果这样的话，美腿同学这一次的拼命，只是让自己陷入死地而已。这就是没有虎子而入虎穴的愚蠢做法，故事到这里就要全剧终了。

那他来这里只是为了让团长给他揉腿。

这家伙真是太可怜了。

果然，二十人的老板丽问道："然后呢？"

"你说的人质交换是什么样的交换方式呢，用你们三个人来交换我可爱的三个部下吗？"

"如您所言。"

回答的人不是美腿同学而是双头院。

他看起来一副完全掌握了情况的样子。他自己可是交易对象啊。

他这个情况再加上他现在穿的衣服，看起来就是被掳走的公主。

与此相反，我和他非常不同。

"马上就会有我们的外联人员和这个手机通话，详细的事情你和他讲吧。"

美腿同学无视了团长这样说道。

"我提前和你说一下，想要用大人的魅力蛊惑这个外联人员是没有用的，因为他对小学二年级以上的异性没有兴趣。"

"你们团员中有罪犯吗？"

丽有那么一瞬间展露出放松的表情，但是她马上就看到手中的电话正在轻微地震动。

静音模式。

工作的时候当然应该这么做。

但是看样子丽没有马上要接这个电话的想法。她应该不是害怕和萝莉控讲话。

她自言自语道："十九的电话打给十三。"

"也就是说，他现在正在让我的部下来打这个电话，或者他问出了手机的密码，正在用十九的电话。不管怎么说，我应该都没有教过我的部下怎么对中学生坦白。"

丽一边注视着正在震动的电话，一边分析道。她现在的表情和她读别人心理时的表情一样，用箭一样锐利的目光看着电话小小的屏幕上显示的电话号码。

"不过，你们这个外联人员，确实不只是一个简单的萝莉控。"

在长广本人不知道的情况下，美少年侦探团的外联人员被视为萝莉控，这件事情已经板上钉钉了。

"喂？"

丽停止了分析，接起了电话。一看就是工作能力很强的职业女性，做事情有模有样。

虽然实际上她是罪犯。

现在一想萝莉控只是嗜好的一种，也不是什么犯罪，但是咲口前辈竟然被真正的犯罪分子称作罪犯，真是太可怜了。

"喂，我是美少年侦探团的副团长，咲口长广。"

丽非常贴心地开启了公放模式，连坐在她对面的我都能听到学生会主席好听的声音。

美少年侦探团的副团长。

现在一想，亏他能不笑场且认真地讲出这样的职务。虽然通过电话看不到他的脸，但是他的神情一定很认真。

咲口前辈语气沉稳。他的口吻，已经不像初中生了，或者就是单纯习惯用这种口吻应对这种场合了。

"我想我方团员已经知会您我们的要求了吧？"

是的，萝莉控的事也知会了。

"请允许我说出交易细则。我们的客户、团长和机动队员承蒙您照顾，希望用您在我们这里的三位和他们三位人质交换。"

"时间和地点？"

丽言简意赅。

她可能想用直截了当的说话方式，以避免给对方提供过多的信息，也或者是成熟的成年女性想尽量避免和萝莉控说话。

"时间就是现在，地点在我们学校可以吗？要让你们折返，真是抱歉。"

"好啊，这点儿事情举手之劳，对了，不要让警方介入哦，警方介入的话我们双方都会很麻烦。"

咲口前辈稍有一点儿困惑，这点儿困惑也通过电话传了过来。即使是美少年侦探团的智囊，也绝对想不到自己会被罪犯想成罪犯吧。

不过他们自称侦探团，所以有自己的骄傲，不会请警察帮忙。

"当然，这是我们美少年侦探团和你们二十人之间的交易。"

咲口前辈说道。

他故意说了二十人这个信息，显示他们已经掌握了这个组织的资料，不愧是外联人员，确实有些手段。

"我只希望这是一次永绝后患的商业性质的交易，我接回我们这边的三人就可以了。"

"没问题，我们也没想奢求更多，但是，如果我的部下有什么意外，我也不能保证我手里的三个人平安无事，或者我就明说了吧，我会杀了这三个人。"

丽用冷冷的语气说道。

"我会用我能想到最残酷的方式杀死他们，而你也会被杀。我觉得你这样的人，被杀了才是对社会有利的。杀掉你算我出生到现在第一次行善。"

"啥？"

可能咲口前辈完全没听懂丽后半部分的话，所以丽发言的威胁性在他听起来也小了很多。但是，丽可能真的会这样做，如果她的部下有什么闪失，她会把这些惩罚报复到我们身上。她不是按照邪恶组织理论行事的人，她不会抛弃她的部下。

但是她也不是什么好人。

重视伙伴的恶人，作为交涉的对手，可能是最难缠的。不知道咲口前辈能不能理解这件事。

"这是当然。虽然我们限制了三位的自由，但是没有对他们进行任何伤害，我们尽可能地友善待客了。所以也请您……"

"这是我的台词。"

突然听到咲口前辈那边插进来一个有些粗野的声音。那边在公放吗？这个声音像是袋井的，但是马上就不知道是谁的声音了，对面的声音低了下去，变得有点儿瘆人。

"别把这件事说得像我们的问题，走到这一步是你们咎由自取，我们只是被动反击。如果瞳岛、团长和飙太受到一点儿伤害，你就走着瞧，不管用什么手段我都会把你找出来，杀掉。"

"先不用做这件事，你准备一下晚饭好吗？我被绑到这里，没有吃晚饭，很饿。今天我想吃中华料理。"

双头院的话一下子就把袋井吓人的气焰抹杀了。他没有理会电话那边的事，而是在给美腿同学揉腿，双头院这个人应该就是没有严肃的时候吧。

说什么想吃中华料理。

美术室能做出中华料理吗？

如果是这样的话，交换人质的场所选在我们学校，我现在有点儿期待了。

"团长，听起来你还是老样子。"

袋井有点儿错愕地说道。袋井的这个口吻才是老样子。至少是我知道的，老样子的袋井。

"啊，那个，我有什么变化吗？"

别人可能在想，这个人怎么回事。

"我们可以回到刚刚的话题了吗？"

丽完全没有理会袋井的张牙舞爪，爽快地说道："好的，我们现在回学校，这样可以了吧？"

"好的，麻烦您走到学校附近的时候和这个电话联络，还请您……"

就在咲口前辈准备夺回主导权的时候，丽先挂断了电话。

然后把电话往腰间一放，对双头院说道："确实如此。

"你的团队不错，双头院。"

"那是最棒的团队哦。"

双头院回答完之后终于停止了按摩坐了起来，仔细一看，不知道什么时候，美腿同学已经睡着了。

这孩子的心也太大了，说他脸皮厚……也不是，他和团长不同，他不是没有紧迫感的那种人，我们必须对他宽容一点儿。他应该不是因为按摩太舒服睡着了，而是体力告罄，需要休息。

袋井说不许我们受一点儿伤，其实现在我和双头院都没有受到来自丽他们的伤害，不过现在应该接受适当治疗的恐怕是美腿同学。

"你的团队也不坏啊，不对，很坏，你们是犯罪团伙。"

双头院有点儿发呆地说道。

"不过为了救部下而放弃任务，你是我所尊敬的领导。犯罪行为是不对的，但是你的这份心意很美。"

"你也有这份领导力吗？"

"啊，好幸运。我的部下没有一个人需要我去救，我就是一个专业被救的人。"

有这样的专业吗？

还有这样的领导？

"老板，你有什么计划？"

在开车的十二问道。

"你不会真的想要放弃任务吧？"

"不会……"

丽回答道：

"我们不会放弃任务，这个意思，当然也传达给对方了。他们如果真的不求助警察，也不抓我们，甚至成熟地和我们进行人质交换，那他们也太无聊了。"

"我们应该不会很成熟，毕竟我们是少年。"

双头院很罕见地一语中的。

这可能是百年一遇的事情。

听他这么说，丽回问道：

"那么，双头院，你觉得你的部下准备怎么做呢？"

"喂喂喂，你不会觉得我知道吧？"

"你应该是不知道，但是你可以思考一下，如果你自称侦探的话，那你来推理一下部下的行动吧。"

这话真的很挑衅。

在此之前，丽对于双头院的态度就算不至于视而不见，也可以说得上是漠视了……可现在……

可能是丽看到美腿同学、咲口前辈和袋井都出乎意料地很尊敬他，所以改变想法了吧。或者有可能她想到要和美少年侦探团进行交易的话，必须下定决心和团长在这里就开始对峙。

这绝对称不上是一个好的开端。

虽然他说自己是侦探，但是美少年侦探团不属于那种正统侦探，而是一些旁门左道，基本上等同于初中社团活动一样的组织，而现在，我们要和真正的犯罪团伙正面交手了。如果说美少年侦探团有胜算的话，那也只能赢在丽他们觉得"反正是些小孩子"，不把他们当回事的傲慢。但是，经历了美腿同学的跟踪、咲口前辈的交涉，他们看起来丝毫没有轻敌的感觉。

"因为他们是小孩子就放他们一马"的想法对方已经没有了。更糟糕的是，现在双头院一点儿也不能和我共享不安的心情。他面对丽的挑衅，看起来很开心地回复道：

"我能理解你想听我推理的心情。

"为什么大家都想知道我在考虑什么呢？"

这个……恐怕是他想错了。

真的，这个人在考虑什么呢？

"三个人对三个人的人质交换，看起来是很平等的生意。但其实附带的风险是完全不同的。如果这个交易不成功的话，对于我们美少年侦探团来说会损失两个成员和一个委托人。但是对你们来说，最差的结果是，你们这个组织将不复存在。"

我吓了一跳，双头院竟然说出这么认真的见解。原来如此，如果交易成功，我们得到的东西一样，但是交易失败，我们失去的东西完全不同。

我没有朝这个方向想过，而且即使想过，也不会很得意地对丽解释。

不要暴露弱点。

"所以如果我是长广的话，我会不惜一切努力取得你们的信任，也就是说，我不会叫警察也不会对人质出手，同时也要你们保证进行正常的交易。"

"嗯，话是这么说。"

对于他有几分认真的见解，丽看起来多少有些认同。同时，就算双头院把话全部说出口，她看起来也因为没有读懂而稍微有些困惑。

你明白他在想什么，但是听完他的话你更困惑了——双头院果然不是一般人。虽然只是这一刻显得不一般。

"如果要耍什么花招的话，应该会从保证上入手。在你们耍花招的时候，或者说你们掉以轻心的时候就是长广的机会，丽人二十面相。"

"谁是丽人二十面相啊？"

丽马上回头问道。

其实，丽人这个词也不是不行。

"反过来说，你们如何利用这个花招转败为胜才是主要的事情吧。相互利用，互相促成，这不是很美的交易吗？你不这样想吗？”

不这样想的丽，又一次摇了摇头。

“如果只是想一想的话，蛮好的。”

丽这样答道，听起来是在表扬双头院。

“那么双头院，你说的保证和你说的花招，到底是指什么？”

“这个事情你问我我也不知道啊。”

原来不知道啊。

如果不知道后面会发生什么事情，我不希望作为人质的双头院再说多余的话了。偏偏这个时候他又多说一句：

“我只能确信一件事。”

确信一件事？他还要说些什么多余的话啊。

现在说这些，对谁都没好处。

大概丽也烦了吧：

“你确定的事情是什么？”

“我今晚会吃到中华料理。”

28. 谢罪

丽去了副驾驶的位置。

一直和双头院讲话很耗费精力吧，或者她也有可能
是为了避免和我们继续接触而产生感情。

当然，这个车的门是电子锁，从里面是不能打开的。
在车后部的我和双头院，还有熟睡的美腿同学，现在处
于被软禁的状态。

不过，即使说是软禁，椅子的靠背也很舒服，还有
迷你酒吧。这种监禁条件有点儿奢华，环境太好了。但
是一想到几个小时后我们三个人不知道将会面临怎样的
处境，我就无法放松。

"瞳岛眉美，冰箱里不仅有矿物水，还有一些无酒精
果汁，你要喝什么吗？"

一直都很放松的双头院，看起来丝毫不在意周遭的
环境和身处的状况。

我本来想说现在没有喝东西的心情，但是逃不脱生

理上的口渴，我让他帮我拿了橙汁。

"很抱歉，向你们隐瞒了眼睛的事情。"

我一口气喝完了橙汁（非常好喝，虽然没到可以吐出来的程度），我的体温降低了，我终于可以冷静说出道歉的话了。

我终于可以摒除心里的障碍，道歉了。

如果不是我们现如今所处的环境，我应该不会这么轻易道歉，我也很讨厌自己的这种性格。

"嗯？眼睛的事情？啊……"

双头院坐直了。

"没事，没事，你不要挂在心上。原来如此，我完全理解，所以我说你眼睛好看的时候你才会那么生气啊。"

你自己也注意到了啊，我被夸眼睛好看就会生气。既然知道了，还要不停地夸奖好几次！

我本来想要怒吼的，但是前排的驾驶位和后方空间没有隔断。

本来声音就容易被前排听到，如果我再大声一点儿的话，丽和十二会觉得我这个人太闹了，或者觉得我在和双头院开玩笑，如果被他们这么想的话就糟了。

"但是如果说戳到你的痛处生气的话，我还可以理解，表扬你的优点还会生气，在道理上有些说不通。"

"长处和短处分明就是一样的东西啊。不只是我，一些人很讨厌被称赞美丽啊。"

"这样的吗？"

双头院一副完全理解不了的样子，摊了摊手。

是啊，他应该理解不了吧。

虽然我已经算是比较自恋的女初中生了，但是和双头院这个人的自恋程度比还是有过之而无不及，该怎么形容呢——和他一对照的话，我仿佛就像没有自我意识一样。

我一边百无聊赖地摆弄着眼镜，一边想着这种无聊的事情。

"我们先不说美不美的问题，视力好对于你要成为航天员这件事情不是有利的条件吗？没有比这个职业更需要好视力了吧？"

双头院问道。

真敏锐。戳到了我的痛处。

但是，问题就在这里。

过犹不及。

有的时候过分好会比不好还要差。如果不好的话，还可以放弃，如果过分好的话就难以放弃了。

"如果视力过好，就是说要过度使用眼睛意思，对吧。"

"嗯？"

"我的视力是很好，我可以察觉藏在墙后的人，也可以看到被击落的军事卫星，但是我的视力有点儿过于好了。"

"如果以这样的方式使用视力，我的眼睛在二十岁左右会失明，所以我一般会戴眼镜来保护眼睛。"

所以那是一个不得不放弃的梦想。

我不应该做航天员的梦，而且也不应该从事使用眼睛的工作。为了实现这样的梦想，我可能要承受失明的现实，想来有一些不合算。

我是那种用智能手机都会感到刺激视力的人，所以对以后也没什么奢求。

但是我一直都没有办法放弃。

我一点儿都没有为成为航天员而做出努力。在某种意义上来说，这就是我为了放弃梦想而做出的努力。

即使这样我还是没有放弃。

我理解因为没法做到而选择的放弃，但是因为做得太好而选择的放弃，听起来很没有道理。

被肯定就是被否定。

被赞美就是被抹杀。

才能到底是什么东西。

"我明白了，所以瞳岛眉美才讨厌美丽的外形啊。原来你会下意识地讨厌人类的长处啊。"

双头院很信服地点了点头。这是我平时很讨厌的他的神情，但是他说的话有道理。

美声，美腿，美食，美术。

不能说我对完全发挥自己才能的他们没有反感。

"我理解我理解，我的美学，也经常招致反感。"

我觉得那只是单纯的讨厌而已。

我很羡慕双头院的这种不迷茫、不烦恼的个性。

"但是我完全赞同你说的，所以你的父母会反对你成为航天员。嗯，你的父母确实很正确。"

不要突然用这种认真的口吻说话。

　　啊？真的假的，这里你不是应该说虽然很正确但是不美吗？

　　不是这样啊。

　　"少年会误以为为了一个梦想可以付出一切。"

　　"这样啊。"

　　少年的定义，多少有一点儿复杂。

　　算了，像双头院这样独树一帜的怪人都觉得我应该放弃，既然应该放弃这件事情这么明显，那我就放弃吧。

　　然而，现在我的心情又非常复杂。

　　父母是考虑到我的情况，为了我才这么说的，这我能理解。但是在家里，我和父母之间依然出现了不可转圜的不和。

　　家庭不和不是由于恨，而是由于爱。

　　世界上也有这种事情。

　　但是，如果我承认了这件事情，那我不就什么都做不了了吗？如果承认了这件事情的正确性，那我不就是那个恶人了吗？

　　"虽说少年就是要心怀梦想，但意思绝不是说你不能放弃一个梦想。而是说你要一直不断拥有梦想。"

　　双头院把双手交叉背到脑后向后仰，一副傲慢的样子。他这个姿势之于他此刻美少女的外表来说显得有些粗鲁。

　　"你放心吧，瞳岛眉美，找到梦想比找到星星不知道要容易多少呢。"

29. 引路

　　这辆车的速度快得惊人，它现在已经到达了指轮学园初中部。虽然说是掉头折返，可是这个掉头折返的速度也过快了。二十人里面的十二，不愧是可以给老板开车的人，看得出是个开车好手。

　　校舍旁边的保姆车，真是不相称的东西啊。而且单看这个车的尺寸，对于做坏事来说也太明目张胆了吧？

　　为什么丽会用这种惹眼的车来执行犯罪任务呢？虽然我有疑问，但是她可能从来没想过这个问题吧。

　　或者是以前她没有被问起过这个问题。当然，也有可能是丽单纯喜欢气派的东西。

　　不管怎样，我们现在到达了学校，比预计的时间早很多。当然，这应该是丽的策略。

　　丽想推进事情的速度比咲口前辈设想的要快很多，这样的话咲口前辈就难以做好万全准备。丽回到了车后座，拿出十三的电话。

其实她在副驾驶的位置也可以打电话吧，她特意回到车后座，在我们面前打电话，到底是什么用意呢？我这个外行来看的话，这是为了被问到人质安全的时候方便转交电话。

但是在这一点上，咲口前辈先丽一步。丽先打电话过去，接电话的是一个很低的男声："很抱歉，老板。"

这是一个不认识的男人的声音。

一听到这个声音丽马上结束了公放。

她可能是不忍心让我们听到自己部下在不自由的时候无精打采的声音吧。

我懂她的想法。咲口前辈让人质本人进行交涉，真是有一点儿过分了。

不过，在交涉的预备战中，美少年侦探团取得了先机。

"嗯……没关系，我会补偿你的，会有机会弥补的。还可以吗？我不是这个意思，我是说你们还可以吗？嗯，不过小孩子们没有叫援军已经算是个好消息了。"

我听不到对面的话，所以只能从丽说的话里面判断他们在说什么。看样子咲口前辈没有找警察帮忙。

如果有案件发生的话，警察确实会出动帮我们，但是，因为有我还有团长和美腿同学当人质，咲口前辈很难下定决心。

"那么现在怎么办呢？我自己带着他们三个人到教学楼的楼顶去可以吗？嗯，就是眉美进行天体观察的地方，嗯，那是一个非常适宜的地方，可以吧？不，我们就这样保持通话。"

丽一边看着我们的情况，一边和部下沟通，现在还是无公放的状态，她特意重复一下对方发言的要点，不是顾及我们的心情，而是想看到正竖着耳朵的我们听到这段话的反应。如果咲口前辈设置了要抢占先机的机关，那这个机关到底是什么？

如果知道了这个，丽就可以反客为主了。

"下车。"

丽一手握着电话，一边对我说道，她已经先下车了。双头院极其自然地背起还在睡觉的美腿同学。

看起来他动作麻利，而且好像也可以很轻松地做到像领导一样照顾下属。我现在有点儿理解为什么他不被大家尊敬，却非常有声望了。

美少女背着美少年的场景，果然有一种性别颠倒的感觉，真是令人回味。

抵达学校时已是夜晚。

虽然我们已经用最快的速度回来了，但也远远超过了放学的时间，学校里几乎没有人了。现在正好是我进行天体观察的时间。

我喜欢在教学楼的楼顶上看夜空中的星星，我喜欢在教学楼的楼顶上找夜空中的星星。

但是这句话有一个最大的错误，那就是我是不是真的喜欢呢？

其实现在已经没有保安了，十二也留在车里，丽轻易地突破了安保系统，这样一看，最开始我们觉得在学校中就很安全的想法是常识性错误了。

在真正的罪犯面前是没有安全范围的。

不管是在学校里还是在家里。

"那么从这里开始，就请眉美来帮我们一下。"

在我们溜进学校后，丽这样说道。

将目标锁定在我进行天体观测的那个校舍似乎是理所当然的，我没有对这件事情感到惊讶，但是她说的帮忙是什么意思？

说时迟那时快，她已经把我的眼镜取了下来，这是要干什么，我还来不及抱怨，她就已经搂着我的肩往前走了。

她应该不是要对咲口前辈展示我们关系很好，那她这么做是为了什么呢？

"睁大你的眼睛哦，你的眼睛不是可以看到墙壁的那一面吗？"

丽说道。

怎么回事？她明明搂的是我的肩部，但是我的头也完全被固定住，动不了了。

"如果他们有什么小动作，你就给我看清一点儿，当然，你不用说出口，我看到你的表情就能明白是什么事了。"

实际上，这个时候我感到的恐怖应该已经表现在我的脸上了，这比语言传达更明显。这个人在想什么，她把我的眼睛当成夜视镜了吗？糟了。

情况不妙，咲口前辈不知道我眼睛的事情，所以他想取得先手会用什么样的手段，设置怎么样的陷阱，应该也不是以我的视力过好为前提筹划的。

他没有把我过好的视力计算在内。

丽在副驾驶座上听到了我在保姆车中对双头院就我眼睛的事情道歉的事。她由此断定，我没有对美少年侦探团的各位讲过这件事情。

"委托人会说谎——这是侦探界的基础常识。"

丽轻轻一笑。

从那个时候开始她的策略就启动了。她离开车后座，就是想看看我和双头院会进行怎样的对话。

丽答应了进行人质交换却没有放弃绑架，虽然她正在把我移送到指定地点，但她应该会在三位部下回来之后，或者同时，就立刻完成绑架我的任务。

这样的话就糟了，她可能不仅不会释放我们三个人，还会绑走美少年侦探团的其他成员。这都是，我眼睛的作用。不对，是对我眼睛的利用。

也不是利用，是恶用。

我根本没用的视力竟然在这种情况下起了作用，我一边觉得丽的思维能力拔群，一边单纯为自己的处境觉得失落。

我不仅没有起到任何作用，现在还要给来帮我的人添麻烦。

这算什么事情，这是什么眼睛。

"呜呜。"

我在想要不要给身后的双头院发一个信号，至少让他们先逃。虽然美腿同学是肌肉体质这件事让人很意外，但是他那个体型看起来应该不重吧，双头院背着他应该也能跑。

我被紧紧控制着，所以现在无法给双头院明显的信号。所以，如果双头院现在能立刻掉头逃跑的话……怎么可能呢？

他已经放弃过一次逃跑的机会了。他是不会把我丢下自己逃跑的。

所以说，这个人唯唯诺诺，毫无策略，完全没有起到一个侦探的作用。

如果逃不掉的话，那就不逃了。这样的人成为领导真的没关系吗？虽然这么说有点儿奇怪，可是双头院这个看起来有点儿奇怪的人其实没什么奇怪的行为。

"你放心，只要你不抵抗的话，我不会对你怎么样的，不管是对你还是对美少年侦探团的小孩子们。我现在很期待和美少年侦探团相见，你们的团员们真的都是美少年吗？"

　　我暗想，应该会超乎意料地让你满意。

　　"不过美少年如果卖掉的话应该能卖个好价钱。"

　　丽用一种并非笑话的语气讲着这句不太正经的话。

　　也需要萝莉控的美少年吗？

　　我正在想的这件蠢事可能又被丽通过我的表情看了出来。

　　我现在只能祈祷咲口前辈设计了我看不出的陷阱。

　　现在不管是前面还是拐角处，我什么都没有看到，但是和无防备无谋略的团长不同，副团长应该不会一点儿手段都不用就进行人质交换。

　　没有谋略会有没有谋略的烦恼。

　　就在我这么想的时候，或者说就在我什么都没有做的时候，我们已经爬上了楼梯，来到了指定的交易场所——通往屋顶的铁门前。

　　这期间，丽还在和被抓住的部下通话，进行着沟通，她不只利用我的"眼"，被抓住的部下也是她的"眼"。

　　她真是人尽其用。

　　虽然他们是邪恶组织，但是没想到他们在利用人上还有这样的筹划。

她不许我闭上眼睛，我望向铁门的另一侧——穿透铁门。

目不转睛。

我仔细看，我很难用言语表达自己看到的，但是丽会在我用言语表达之前就看到我要表达的东西。非要说的话，和夜太黑有一点儿关系，但是关系又没那么大，我只能隐约看到六个人的影子。

三个小孩子的影子和三个大人的影子。

美少年侦探团的三个人和二十人的三个人。

没有什么多余的人。至少我没看到有什么花招。

丽整合了从我这里获得的和从部下那里获得的情报，不知道她得出了什么样的结论。突然，她停住了脚步。

"双头院，你来开门。"丽朝身后说道。

"好，交给我吧。"

双头院看起来十分骄傲地伸手去推把手，对于双头院来说，不管丽是善女还是恶女，在女性面前展现绅士风度似乎是美的。

然后……

30. 失败原因

突然，我感觉头顶上方好像有什么东西。

就在我想这是什么的时候，我被很强烈的光照到了。我完全不知道发生了什么事。我的视力太好了，即使摘掉眼镜，面对强光我也不会觉得耀眼，不管是黑暗的地方还是有光的地方，它们都属于我的可视范围。

我马上明白了那是什么东西。

我正在被探照灯照射着。

不对，不是我，而是我们四个人，更准确地说，是丽被上空的强烈光线暴力性地压制着。

和我不同，丽看起来有点儿接受不了强光，她单手戴上墨镜，马上明白过来，那束强光并非来自想要收集人类标本的不明飞行物，而是来自一架直升飞机。

和我昨天乘坐的那架直升机不同，这架直升机完全没有声音，是一架静音直升机。因为角度的问题我看不到飞机的全貌，但是隐约看到飞机上印着"县警"的文字。

"这个用于欢迎我的光线也太强了。纵使如此耀眼的我也感觉有点儿晕。"

双头院一边关门一边讲着这些废话。虽然他的话听起来很愚蠢,但是实际上他利用手握把手的位置,不经意间就堵住了丽逃跑的路线。

我把视线移到我的正面。

从铁门那侧看到的六个人的影子,现在站在我眼前是美少年侦探团的三个人——咲口长广,袋井满,指轮创作。

美声长广,美食小满,美术创作。

虽然我和他们分别不过几个小时,但是我很想念他们。我觉得能够这样再会,简直像是奇迹一样。

我惊讶于自己也会有这种感情浓郁的时候,但是,更让我惊讶的是眼前的事情——和他们在一起的三个人质。

那三个大人不是二十人的十三、十八和十九。

虽然我并不完全了解二十人的成员,但是,现在面前的三个人,没有出现在我和美腿同学描述、创作同学描绘的肖像画中。

如果说要抓尾随我的人的话，应该是按照我们画的肖像画去抓才对，即使不是这样，这三个人中没有一个人和肖像画一致也太离谱了。确实，面前的这几个大人，和肖像画的任何一个都不相符。

而且他们也没有被限制行动。

虽然他们的服装看起来很随意，但是每一个人都拿着警棒立正站直，对哦，他们明显是警察。

"原来你们团员中不仅有罪犯，还有警察的朋友哦。"丽一手抱着我，小声说道。

丽的话对于没有了解清情况的我来说太超前了，我没有立即理解。但是，美少年侦探团应该不只是叫警察来这么简单，丽应该也没想到，警察会协助他们到这个程度。

不对。

这件事对于我来说没有想到，但是对于她来讲，并不是一件意外的事情，她本来就是在知道了这里有陷阱的前提之下，答应来交换人质的。

所以不论这里发生什么，她都不会吃惊。

她应该早料到有这种情况。她应该是做好了心理准备，在这里遇到什么花招都不会被吓到。但是……

"哈哈。"

她突然松开紧握的手机，手机啪一声落在地板上，但她没有再看手机。丽问道："和我通话的人，从一开始就是你吗？"

她问的是我们的学生会会长。

美声长广——他现在把握在手里的手机拿离耳边，这部手机和丽刚刚扔下的是同款。这是十九的手机吧。

"是啊，如您所言，老板。"

咲口说道。

他用一种和他平时声优般的声音完全不同的音色说道，这就是在车里听到的十九的声音。不对，如果是这样的话，那我一次也没听到过十九的声音。我听到的所谓十九的声音，一直都是学生会会长假扮的。

"应该不是你们的声线偶然相似吧？你是模仿了他的声音？"

"是的，如您所言，老板。"

虽然咲口前辈说了和刚刚一样的话，但是这次是他自己的声音。真好听啊。他这么一展示，连我这种反应慢的人都看出来副团长做了什么准备了。

那通电话不是为了告诉丽人质平安无事，而是为了假装丽的部下和丽取得联系，让丽相信楼上没有陷阱。这个作战计划是基于丽和二十人强烈的信赖关系。

声音模仿。

美声长广——拥有众多声线的美少年。

原来除了动听的声音之外，他也可以发出这么多不同声线的声音啊？虽然他只是小小露了一手，但是这真的是一个了不得的技能。

不只是声线像。

说话时的细节和癖好，每一个字的声调，包含的感情，和对方的身份关系，他都呈现出来了，虽然说他是通过电话完成模仿的，但是在电话里能完全成为这个人，也太了不起了。

现在这个声音演员平静地把电话给递给大人对手。

"请放心，你的三个部下都没有事，像我们保证的那样，他们被礼貌招待了，现在应该正在接受相关调查。"

"这样啊。"

丽静静地点了一下头。

虽然被摆了一道，但丽的脸上没有一丝颓败感。而顺利骗了犯罪团伙的咲口前辈也一点儿没有胜利的表情，更没有一脸得意。

这也是当然的。

因为我现在就如文字所描写的——被丽扼着喉咙，而双头院和美腿同学也在她的射程范围内。

现在完全看不出输赢。

"你们完全没有讨论商量，竟然能做出这种计划，还是说，双头院，这是你指挥的？你是不是有自己独特的指挥方式，你那个时候说的'中华料理'是作战计划的代称吧？"

"完全不是哦。"

双头院否定了她对自己的高估。

这个团长，是怎么回事啊。

"啊，那这是你们的一般做法啊，这一点我认了……但是，眉美？"

突然，丽把我又向她的身边拉过去一些，用很认真的语气对我说：

"我被骗主要是因为我的疏忽，但是你……为什么没能看出呢？即使你没能穿过铁门看到后面模糊的人影是被换掉的人质，可你为什么连这里有一架直升机都没发现呢？"

"喂！没想到你是在说正经的啊。"

对丽这种一语中的的指责，双头院一笑置之。

"你们到底知不知道自己做了什么？这种结局，对于你们来说，对于这件事情来说，只能说是一个必然的结局。"

"你在说什么？"

总是明察秋毫的丽也一脸不解，看起来很是疑惑。而作为当事者的我也没理出半点儿头绪。

我没能看出咲口前辈的陷阱也是当然的，因为我只是视力好，听力并不发达。

所以在声音上耍花招的话是不会被看出来的。

不过无人机是可以静音的吗？

这并不是咲口前辈在知道了我眼睛的事情的前提下设置的包围网，而是咲口前辈明白，这时候不应该让对方知道我方有援军。

但是再怎么藏直升机也应该在我的视力范围内才对。

能看出跟踪和预备伏击的我，能看到前方设置的各种陷阱的我，什么都能目击到的我，为什么就没有看到在上空等待丽的直升机呢？

丽和我同时转向双头院，双头院虽然是人质，但是他一脸得意地指着天空。

他不是在指直升机，而是指着天空。双头院指的是辽阔而布满星星的天空，更是我这十年间一直徒劳地观察着的天空。

"让瞳岛失去看向天空勇气的，不是别人，就是你啊。"

31. 逮捕剧

丽不知嘟囔着什么。

前面也说过,我的长处主要在于视力而非听力,不过虽然我没有听清全部,但是似乎我听到她这样自言自语道:

"这几个人轻松就对付了,算了。"

嗯?这是什么意思?

就在我考虑的瞬间,本来抱着我肩膀的她突然松手,并且把我的眼镜还给了我,她从后面轻轻推了一把有点儿疑惑的我,说:"你可以走了。"

然后丽对双头院和他背着的美腿同学说道:"你们也回到你们同伴那里吧。"

"好,恭敬不如从命。"

双头院这样说道,拉起呆立着的我,回到咲口前辈他们身边。虽然双头院现在穿着女装,但是这个力量一看就是男孩子。

　　然后好像交换一样，刚刚扮演人质的三个大人，也就是警察们朝着丽的方向走过去。丽一点儿抵抗都没有做，自动举起双手，等他们围过来，给自己戴上手铐。然后，丽被带走了。

　　然后再进入学校的时候有一个警察回过头来，留下一句："你收敛一点，小满。"

　　袋井的熟人？

　　"不是我的朋友。"

　　袋井满脸嫌弃地说道。

　　"我以前是不良少年的时候受过守坂大叔的照顾。"

　　你现在也是不良少年好吧。

　　不过，这样讲的话，袋井好像对警察很熟悉的样子。不管怎么样，美少年侦探团也算是和警察有关系了，虽然不是什么很密切的关系。

　　托这个关系的福，我捡回一条命。

　　不对，我捡回一条命的理由可能是因为丽的一时疏忽。她不止对于我有点儿疏忽，对于美少年侦探团也有点儿疏忽。

　　果然孩子这个身份才是最大的武器。

虽然承认这件事情让人有点儿不甘心。

我们目送着直升机从夜空远去，双头院对着团员们夸张地说道："干得漂亮，诸位！这次的事件，会作为美少年侦探团光辉而美丽的冒险被记录下来。"

为什么被救下来的人竟然是最骄傲的？

"虽然真正的冒险才开始。我们接下来还得去警察局把事情全都说清楚才可以。怎么办呢，从哪里开始讲真话呢？"

和刚刚的他不同，现在的双头院看起来有点儿苦恼。

丽这次放我一马，但是事情没有解决。我目击到的这个事实也不会完全消失。

如果我们说出真相，可以想象会引起多大的混乱。不得不解决的现实的问题堆积如山。

今天这件事情结束，之后不会马上有什么事情发生，但是大家也都明白真正的事情没有解决，所以不仅是咲口，袋井和指轮的表情看起来也不是很开心。

"比起这个……"

现在一直被双头院背着的美腿同学好像醒过来了，用一扫疲惫的语气说道："有没有什么吃的啊？我要饿扁了。"

"有哦，我做了些你最喜欢的中华料理。"

袋井——美食小满回答道。

不愧是美少年侦探团的美食担当。

就像团长嘱咐的一样。现在我更觉得双头院说要吃中华料理，是为了慰问在这次行动中消耗了最多体力的美腿同学。

和丽不同，双头院没有任何推理能力，也没什么很强的个人能力，但在这一点上，他有了可以当领导人、当团长的资格。

"瞳岛，如果你答应我好好咽下去，你也可以吃我做的料理。"

被袋井这么一邀请，即使别扭不率真如我，也毫不推脱地马上点头说道："那我不客气啦。"

还有很多问题没有解决。不!

现在就不想这些事情了。

32. 尾声

第二天放学后，我正打算去美术室，我走在平时没什么人的走廊里，但是我的前面出现一位性感的女老师，她穿着一件露背装，这样的着装恐怕有点儿过分了。我正在想，我们学校还有这样的美女老师啊。但是，仔细一看，这个美女老师就是丽。

丽？

"啊，你不要这么吃惊。越狱是我的兴趣。"

她一脸天真地讲出这种耸人听闻的话。

"因为我三个可爱的部下被抓了，所以我不得不把他们救出来。"

她还是像以前一样，在我什么都没说的时候，就自动把问题都回答了。

原来如此，她并不是那种因为我们是小孩子就放过我们的好人，不过她为了救自己的部下被逮捕了一次，说起来也算是个好人吧。

　　反正她一直都是我不问也会自己回答的人，那么我现在正在思考的问题，她当然也知道了——为什么她会出现在我的学校呢？

　　她变装的技术和美少年侦探团的美术担当相比，只胜不输。

　　"我是来工作的哦。这是我的生意。"

　　听她这么一说我马上摆出防备姿态。

　　但是其实我现在防备应该也没什么用了吧？如果这个人是打算来把我绑走的话，我应该无路可逃了吧。

　　"不是这样的，我这次是来送东西的，这次你是接受的那一方。"

　　"送……送东西？"

　　我终于可以发声了。

　　"是的，有一个信息要传达给你。"

　　丽悠然自得地朝这边走来。

　　"昨天要求我们来绑架你的人向你传达了一条信息，你放心好了，因为他们不想把这件事情搞大，所以得知昨天我们的失败之后，他们撤销了绑架你的委托。"

　　我有点儿判断不出应不应该相信她，不过冷静想一想，之前用陷阱的其实是我们，所以我的小心翼翼显得有点儿不合理。

"他们想跟你做个交易。这十年间他们一直在监视你的活动，所以他们知道你的梦想是成为宇航员。正好他们对我们国家的宇宙开发机关有比较大的影响力……"

她不说我也知道她是指日本宇宙航空研究开发机构。丽窈笑着说道。有点儿被吓到的我的反应在她眼里似乎有些有趣。

或者就是她要传达的这个信息的内容太愉快了，让她忍不住笑出来。

"嗯，虽然事情是这样，但是到底这中间发生了什么事呢？"

"所以说这是交易啊，不像萝莉控摆我一道的那种，这是不存在欺骗的交易。如果你对十年前看到的东西绝口不提的话，他们会为你的将来做一些力所能及的谋划。"

"力所能及……是指……"

"也就是说让你成为宇航员这件事情吧。"

丽窈笑道。

"现在应该对你说'恭喜'吧。虽然不被理解，但这十年间你所进行的天体观察，并非徒劳。甚至可以说，这是你为成为一名宇航员所做的最短培训。如果你决心向宇宙启程，那这是性价比最高的方式。虽然你期望的星星不存在，但是至少能降落到火星。当然，对于你眼睛的特殊保护也是必要的。不过，对他们来说，把看到的麻烦事情的你，收为己用是更高明的策略。如果……"

"我拒绝。"

"如果你拒绝的话，接下来……"

丽的笑容消失了，一脸认真——她那个样子真的令我很痛快，从昨天开始算，我终于算报了一箭之仇。

"你要拒绝？虽然我也会传达你的意见，但是这样的好事，或者说这样有好处的事情，在活着的时候是不常见到的。虽然我不是什么好人，但这个道理是没错的。即使对方有他们的计划，我们好好利用这个计划不就好了吗？这件事情关系你的未来，所以你不用这么着急做出决定。"

关系到我的未来？

怎么回事？

其实是关系到生命，但我知道也有一个家伙，会立马这么回答：

"这种活法，一点儿都不美。"

丽虽然有一些吃惊，但她是工作能力很强的女性，马上回答道："啊，这样啊。"然后她的脸上又重新浮现出艳丽的微笑。

"你们不用担心，我不会对任何人说起我十年前看到的东西的，美少年侦探团也是对委托人的事情有保密协定的组织。"

"原来如此，那我就这样回去复命。"

感到多留无益，丽走出了这个走廊，然后突然又想起来似的说：

"对了，眉美。

"你平时就是这副打扮吗？"

"嗯，啊，是。"

"很适合你哦，其实我没有对别人的个人喜好置喙的想法，但是，你看，眉美，我们……"

我们接下来可能还会一直见面的。

犯罪组织二十人的老板留下这句话之后，踩着模特

步离开了，她笃定又优雅的步伐将学校的走廊变成了
秀场。

还会一直见面？

和昨天说的事情完全相反，这是什么意思呢？如果
她敏锐地从我的表情看出了我想要做的事情才这样说的
话，那也不是很恐怖。

也不能一直站在走廊里，我又迈开步子朝美术室
走去。

美术室兼美术馆。

我走向美少年侦探团的事务所。

"日安。"

我打开门有点儿不知道应该怎么问候，结果，说出
的第一句话竟然是这个。在屋子里的男孩子们惊讶地看
向我。

好丢脸……但是说"有人吗"和"打扰了"听起来
又很疏远的样子，和我们现在的关系有些不相符。

但是他们一起看向我，绝不是因为我这个奇特的问
候方式。

正在给成员们准备红茶的美食小满——袋井满一脸

嫌弃地说道："你这身行头是要做什么啊？"

"这是什么主旨转换？你不会就是那种一直攻击强迫他人辞职，但在他人辞职之后，说'辞职这件事也太没有责任心了吧'的家伙吧？"

太强了太强了太强了。

讽刺能力太强了。

"我个人是比较喜欢女孩子穿短裙的，但是反正也要穿黑色丝袜的，所以差不多。"

美腿飙太——光着腿的足利飙太倒挂在沙发上，晃动着他的双腿说道，全然不见昨天的疲劳。

"不，我反而觉得挺好的。这个发蜡也很自然，是不是还挺有模有样的？"

美声长广——咲口前辈大大方方地说道。他就是昨天带我们战胜丽的最大功臣。虽然他智识谋略无所不能，但是我这个发型没有用发蜡，这是我本身的头发，他似乎没有看出来。可能他对一定岁数以上的女孩子的发型不感兴趣吧。我把头发剪成这个样子，也算是对和我关系不好的父母的一种对抗。

美术创作——指轮创作还是一如既往地沉默。哪怕是习惯通过表情读人想法的丽，在他这里恐怕也要无功而返。他没教过我化装的方法，我现在完全是照猫画虎，我现在的样子和这位天才昨天帮我做的造型还是有些差距。

"所以，瞳岛，你为什么还要接着伪装啊，你喜欢自己美少年的样子吗？"

是的。

现在的我和昨天为了避免被跟踪而变装的我是一个样子。也不能这么说，说"一个样子"的话天才少年应该会很生气。

我自己剪的头发和昨天被拾掇得整整齐齐的短发不能说是一个样子。如果你问哪里不一样，我也很难回答。

不对，其实答案非常明显，只是我单纯讲不出口罢了。在这一点上与其说我性格别扭，更多的是我觉得有一点儿不好意思。

为了缓解尴尬，我环顾美术室四周，诶，那个最重要的团长现在不在吗？

"那个……双头院呢？"

"啥？那个人是小五郎啦，所以放学了也不一定立马过来。"

咲口前辈用一种以前不是讲过这个事了吗的口吻回答道。是啊，以前确实说过团长是小五郎，但是我当时完全不知道这是什么意思。

是小五郎，又怎么样呢？

所有的事情看起来都结束了之后，有个根本的疑问浮上我的心头——双头院学。

先不说他是不是美少年之类的事情，为什么他得到了这么多厉害的人的信任，但是我在学校里怎么完全没听说过他呢？

那个孩子真的是这个学校的学生吗？

毫无疑问，他穿着指轮学园的校服。

"那个，咲口前辈，我一直有一个想问的问题。双头院，在几年级几班？"

"五年级 A 班。"

他不假思索地回答道，一瞬间我明白了：啊，原来如此，高中二年级呀，我还不知道呢，我们指轮学园有校服样式相同的高中部吗？如果是欧美国家的话可以理解，可我们是在日本啊。

那他说的五年级是指小学五年级！

"啊？所以说他是小五郎，是这个意思啊？"

"是啊，指轮学园初中部和小学部的校服是一样的设计。"

咲口前辈回过头来，用一副你怎么现在才知道的神情看着我，而美少年侦探团的各位，当然不会错过这件好笑的事情。就在我想要刨根问底的时候，他们大声哄笑了起来。

伴随着他们的笑声，美术室的门被打开了。出现在我们面前的是，一结束小学五年级课程就赶往初中部的美少年侦探团团长，美学之学——双头院学。

"让大家久等了，哎呀，站在那里的是谁呀？那不是瞳岛眉美吗？今天你的眼睛也很漂亮呢。"

这个人进门两秒之后，美术室就热闹起来了。

他对于我穿男装的事情什么也没说，而且他明知我不喜欢别人讲我眼睛的事情，竟然还要这样说，但是很奇怪，这个时候我竟然没有生气。

当然现在也不是生气的时候。

而且他本身看起来骨架比我还小一些，说他是小学五年级学生，其实也不是看不出。而且那个时候，我惊讶于他对天体知识的缺乏，他自己也承认因为没有学过所以不清楚，原来因为他是小学五年级的学生啊，现在我明白了。

说他像孩子，是因为他本身就是小孩。

团里最小的人——是团长。

但是我还是无法完全理解，甚至想问的问题像山一样多。为什么小学五年级学生可以在放学后来初中部玩呢？为什么这个小学生会有这么多中学名人跟随呢？美少年侦探团是如何成立的呢？如何召集这么多各有怪癖的美少年团员们呢？还有，他竟然也是 A 班的？但是所有的这些疑问，我都咽在肚子里。

现在，比起这些问题，我有更重要的事情要说。

我已经决定了，这件事一见到双头院我就要说。

我是为了这个才以这身打扮出现的。

"双头院，你说美少年侦探团随时都招团员的对不对？那么我可以加入美少年侦探团吗？"

"哈哈哈，真让人烦恼啊，你知道我很难拒绝这种申请的。"

他如此迅速地答应，竟让努力下定决心才说出口的我也有点烦恼了。不只是快速答应，简直是轻易答应。不过，我知道，他就是这种人。

"什么？你在说什么，瞳岛？"

我对这种反应的袋井有一点儿感激。美腿同学和咲口前辈以及天才少年对我的发言都有点儿诧异。我个性不好，会有些恶趣味，我的确有点儿想看这些学校里的名人慌慌张张的样子。

"但是为什么会这样呢？为什么要改变自己呢？就我所知你应该想成为宇航员吧？"

作为个人，他没有任何意见。但是作为团长，双头院需要掌握团员的心理。这就是所谓美学之学吧。

"因为是双头院教会了我使用眼睛的方法，和丽不同，你教会了我正确使用眼睛方法，不，不是正确的，而是美的使用方法。"

"嗯！你也总算成为美的追随者了，我从一开始就觉得最后肯定会是这样的结果。"

现在双头院就像是在最终回中声称，从一开始自己就知道这个案件的犯人是谁的名侦探一样。

他看起来像是因为赢了而大为得意。确实，这么说的话，他也算是猜中了。

但是我也不觉得我输给了他。

我一开始也没想在这件事情上争胜负。

"关于如何使用眼睛，还需要你自己考虑。我的美学不会强行让你放弃什么。美学是学习的东西，而不是教授的东西。"

"喂！你认真的吗？团长，她是女生啊。"

袋井激动地问道。

双头院反驳道：

"只要心存少年气就没问题。"

"你们当时加入美少年侦探团的时候，其实我也没进行任何审查。只要有想和我们成为伙伴的想法，就完全有资格加入美少年侦探团。而且，一说到名侦探明智先生的助手，大家一般都会先想到小林少年，但是也不要忘记先生还有小步这个少女助手，如果没有察觉到这一点的话就不能成为侦探。"

这件事我第一次知道。

如果要选名字的话。

那就是——小五郎的助手。

这样也不错。

"所以小满，你快点做新团员欢迎会的晚餐，向新人展示一下你存在的意义。其他人也准备起来吧。长广，欢迎的演讲就拜托你了。飘太，我很期待你的踢踏舞。对了，创作，我们不如趁这个机会做一下我们团的徽章吧，设计就拜托你了。这件事情就请你全力以赴吧。"

团长的决定方式，已经不能用自负形容，他可谓达到一种强硬的专断程度了。但是成员们谁也没有反对。而且，他们很快就按团长的意见各自行动起来了。

然后双头院说道：

"我们欢迎瞳岛眉美。我知道你过了一个不平静的生日，但是依然没有成功成为一个大人。在你拥有下一个梦想之前，在你想再次抬头望向天空之前，你可以让疲惫的身躯在这里暂憩。那颗令你熠熠生辉的星星，你一定会找到的。你只要尽力寻找就好。寻找就是我们的使命。欢迎你加入美少年侦探团。"

然后，我伸出了右手。

"做一个美好的像少年一样的侦探吧。"

"让我们成为最棒的团队。"

我紧紧握住他的手，像是拥抱一样热烈地握住了他的手。

这是我十四岁的第一天。就这样，我有点儿骄傲，有点儿美好地，放弃了我的梦想。

后　记

　　小时候写作文，我们经常会被要求写一写将来的梦想，被要求写的作文，而不是自发创作的。被要求写的这些作文中会出现这样"长大后我想成为……"或者说"将来我想做……"之类的句式。可是要确定这种愿景是很难的。但是不知道为什么，我们会认为没有梦想的小孩子不正常，所以小孩子们会勉勉强强从已知的职业中选择一些或是高收入或是看起来光鲜或是感觉帅气的职业。但是我确实也认同，孩童时期的梦想大多难以实现。这不是因为社会险恶，而是因为随着一个人的知识增加，他的选择也会增加，不一定要坚持以前的梦想。考虑将来的梦想和以后的自己之类的事情的是现在的自己，那么首先要考虑的是现在不得不做的事情，毕竟未来的事情谁也不能确定。未来和梦想之类的事情没有必要限定，可以把想到的职业全部写下来，如果能实现其中的一个，那就可以称之为实现了梦想。通往梦想的道路不止有一条，有梦的场所也不止有一个，就是这个道理。实现了一个梦想之后，人还会有下一个梦想，我们一个一个去实现也好，一起实现也好，这都是一件事情。拥有一个很宏大的梦想值得表扬，拥有很多小梦想，也同样值得表扬。

因此，有了这个新的系列。在"梦想"这个新标签下的新系列，这是系列的第一册。如何与讲谈社轻小说及讲谈社BOX区分开来呢？我自己也考虑了很多这样那样的问题。果然第一册还是一定要写自己想写的东西，于是有了您读到的这本书。也由此，好像这个系列有了与轻小说和BOX不同的地方，结果是好的。这就是现在呈现出的《美少年侦探团——只为你而闪亮的黑暗星》。

封面上各位美少年侦探团成员出自黄粉老师之手，谢谢她。文艺第三出版部和讲谈社TAIGA、讲谈社轻小说、讲谈社BOX一样，对于本书出版十分积极，接下来也拜托你们了。

西尾维新

瞳島眉美